Bholus bunter Regenbogen

Translated to German from the English version of
Bholu's Colourful Rainbow

Geeta Rastogi 'Geetanjali'

Ukiyoto Publishing

All global publishing rights are held by

Ukiyoto Publishing

Published in 2024

Content Copyright © Geeta Rastogi 'Geetanjali'
ISBN 9789362695307

All rights reserved.
No part of this publication may be reproduced, transmitted, or stored in a retrieval system, in any form by any means, electronic, mechanical, photocopying, recording or otherwise, without the prior permission of the publisher.

The moral rights of the author have been asserted.

This is a work of fiction. Names, characters, businesses, places, events, locales, and incidents are either the products of the author's imagination or used in a fictitious manner. Any resemblance to actual persons, living or dead, or actual events is purely coincidental.

This book is sold subject to the condition that it shall not by way of trade or otherwise, be lent, resold, hired out or otherwise circulated, without the publisher's prior consent, in any form of binding or cover other than that in which it is published.

www.ukiyoto.com

Widmung

Dieses Buch widmet sich
Lord GANESHA als Gott des
initiierung
und
Maa SARASWATI, die Göttin der Bildung.

Vorwort

Wir sind alle in der Werkstatt der Natur gemacht, so wie wir sind. Wie werden unsere Persönlichkeiten geformt und wo? Um die Wahrheit zu sagen, es ist ein vollständiger Prozess. Dieser Prozess beginnt in Gottes Werkstatt. Dabei spielen unsere Eltern, Lehrer und unsere Ausbildung eine bedeutende Rolle. Auch unsere Perspektive wird von ihnen allen geprägt. Das gilt auch für mich. Meine Persönlichkeit und meine Perspektive wurden in gewisser Weise von meinen Eltern, Lehrern, Freunden und den Büchern, die ich mit großem Interesse gelesen habe, beeinflusst. Den gesamten Prozess der Persönlichkeitsentwicklung detailliert zu beschreiben, ist mir durch keine andere Methode möglich. In diesem Zusammenhang möchte ich eine Geschichte mit Ihnen teilen, die ich in einem Buch gelesen habe, vielleicht in einer Zeitschrift namens "Akhanda Jyoti". Diese Geschichte hatte einen tiefgreifenden Einfluss auf mich, also teile ich sie mit Ihnen. Es war einmal in einer Stadt ein wohlhabender Kaufmann. Er hatte immensen Reichtum. Eines Tages fühlte er sich göttlich inspiriert, einen Tempel in der Stadt zu bauen. Und so machte er sich auf die Suche nach einem geschickten Bildhauer. Sie sagen: "Wo ein Wille ist, ist auch ein Weg." Nach einiger Anstrengung fand er einen geschickten Bildhauer. Nun erhielt der Bildhauer die Aufgabe, ein prächtiges Götzenbild Gottes zu schaffen, das im Tempel aufgestellt werden sollte. Der Bildhauer benötigte für diese Aufgabe einen speziellen Stein. Auf dem Weg, einen zu finden, stieß er auf einen großen Stein. Er fragte den Stein, ob er bereit sei, in die Form Gottes gemeißelt und geschnitzt zu werden. Der Stein bekam Angst und sagte: "Warum sollte ich so viel Härte ohne offensichtlichen Gewinn durchmachen? Was bekomme ich, wenn ich Gottes Idol werde? Ich bin hier zufrieden, so wie ich bin. Du suchst nach einem anderen Stein." Der Bildhauer ging weiter und suchte nach einem anderen Stein. Nach einiger Zeit fand der Bildhauer einen weiteren Stein. Er stellte die gleiche Frage, und dieser Stein stimmte gerne zu, in die Form Gottes geformt zu werden. Der Stein war begeistert, dass er die Gelegenheit hatte, als

Gottes Idol zu dienen. Der Bildhauer erinnerte den Stein jedoch daran, dass er einen schmerzhaften und strengen Prozess durchlaufen müsse. Der Stein blieb standhaft in seiner Entscheidung und gab seine Zustimmung. Der Bildhauer brachte den Stein in seine Werkstatt und begann die mühsame Aufgabe, das Idol zu meißeln und zu schnitzen. Er arbeitete mit größter Hingabe und Hingabe daran. Nur in wenigen Tagen war das Götzenbild Gottes fertig. Nun musste der Kaufmann die Weihe des Götzen im Tempel veranlassen, und ein Priester wurde gerufen, um die Rituale durchzuführen. Nun musste der Kaufmann das Götzenbild Gottes im Tempel aufstellen. Dazu wurde ein Priester gerufen und ein Termin festgelegt. Als das Götzenbild Gottes im Tempel aufgestellt wurde, erinnerte sich der Priester plötzlich daran, dass ein weiterer Stein benötigt wurde. Er informierte den Kaufmann darüber, und der Kaufmann schickte sofort einen Diener, um den Stein zu holen. Der Diener fand den gleichen Stein, der den Vorschlag abgelehnt hatte, das Idol des Gottes des Bildhauers zu werden. Der Diener stellte keine Fragen, brachte den Stein zum Tempel und übergab ihn dem Priester. Der Stein wurde direkt unter das Götzenbild Gottes im Tempel gelegt, damit die als Prasad (Opfergabe) angebotenen Kokosnüsse darauf zerbrochen werden konnten. Sobald die Weihe des Götzen Gottes abgeschlossen war, gingen alle. Allein mit dem Stein, der zum Götzen Gottes geworden war, sprach der Stein: „Was für ein Glück hast du gefunden? Du bist Gott geworden. Die Leute kommen und verbeugen sich vor dir. Sie verehren dich wie Gott. Ich dagegen ertrage die Schläge eines Hammers Tag und Nacht. Welche Ungerechtigkeit ist das in der Welt Gottes? Zumindest sollte hier Gerechtigkeit herrschen."

Dann sagte der Stein, der zum Götzen Gottes geworden war, zu dem anderen Stein: „Vielleicht hast du vergessen, dass meine Form einst genau wie deine war. Nachdem ich viele Tage unzähliges Meißeln und Hämmern ertragen hatte, erreichte ich diesen Punkt. Du hättest auch diese Gelegenheit haben können, aber du hast dich geweigert, den schmerzhaften Prozess an diesem Tag zu durchlaufen. Deshalb haben Sie heute diesen Ort gefunden, an dem Sie sich jeden Tag einem schmerzhaften Prozess unterziehen müssen."

Das Fazit der Geschichte ist, dass wir als Menschen, wenn wir akzeptieren, dass wir unser ganzes Leben lang in der Werkstatt Gottes gebaut werden, einen schmerzhaften Prozess durchlaufen müssen, der einige Zeit andauert. Im Gegensatz dazu müssen wir, wenn wir die Dinge auf unsere eigene Weise tun und die Schwierigkeiten vermeiden, die Regeln zu befolgen, unser ganzes Leben lang Härten ertragen.

Meine lieben Leser und Freunde, hier endet diese Geschichte. Ich habe es immer genossen, Geschichten zu lesen. Ich habe seit meiner Kindheit viele Geschichten gelesen. Unsere Schule hatte auch ein spezielles Arrangement zum Lesen von Büchern. Früher haben wir in der Bibliothek auch viele Geschichten gelesen. Dazu wurde für jede Klasse ein Tag pro Woche festgelegt. Darüber hinaus erhielten die Kinder Bücher, die sie eine Woche lang mit nach Hause nehmen konnten. Nicht nur das, Bücher wurden auch als Belohnung für junge Leser zur Verfügung gestellt. So wuchs meine Liebe zum Geschichtenlesen. Und als Ergebnis dieses Hobbys wurde im Laufe der Zeit ein Geschichtenerzähler in mir geboren. Heute bin ich mit großer Freude erfüllt, als ich meinen Lesern meine erste Erzählsammlung, insbesondere für Kinder, präsentiere. Darüber hinaus werden selbst die Ältesten nicht daran gehindert, ihren Inhalt zu genießen. Diese Erzählsammlung ist der Höhepunkt des Segens meiner Eltern, der Unterstützung meiner Verwandten und der Gnade Gottes. Ich hoffe, dass ich durch dieses Buch Ihre volle Zuneigung erhalten werde.

- Geeta Rastogi 'Geetanjali'
C-26, Railway Road
Modinagar 201204
Bezirk : Ghaziabad
(U.P.)Indien
Mob : 8279798054
E-Mail : geetarastogi26@gmail.com

Inhalt

Das Mutterhaus	1
Der Weg der Ehrlichkeit	4
Niranjana	7
Reizende Gracie	10
Das Geheimnis Des Sieges	15
Die Melodiösen Noten	20
Oma Und Amisha	23
Die Isolierte Dusche	27
Das Tapfere Mädchen	32
Das Märchenland	37
Der Goldene Schwan	41
Geschichte der Wiege	46
Veerus Erfindung	49
The Champion's Day	54
Bholus bunter Regenbogen	59
Shivalik	75
Über Den Autor	89

Das Mutterhaus

In einem Dorf lebte eine ältere Frau namens Sheetala. Sie hatte ein sehr großes Haus in diesem Dorf, und sie lebte dort ganz allein. Obwohl Sheetala viele Kinder hatte, hatten sie ihre Geschäfte in verschiedenen Städten des Landes und sogar im Ausland. Dies war der Grund, warum sie nicht für immer bei ihr im Dorf bleiben konnten. Keiner ihrer  Söhne oder Töchter konnte für immer bei ihrer Mutter im Dorf leben. Sheetala war eine Dame von ausgezeichneter Gesundheit. Dies war das Ergebnis ihrer allgemeinen regelmäßigen täglichen Routine von allem zusammen mit Meditation. Ihr fehlte es nicht an Geld. Auch ihre Bedürfnisse waren begrenzt. Daher war der Lebensunterhalt für sie kein Problem. Ihr Haus hatte einen geräumigen Innenhof und einen Garten. In ihrem Garten gab es zahlreiche fruchtbare Bäume - Mango, indische Brombeere, Neem und Kokospalmen. Darüber hinaus hatte ihr Garten bittere Kürbis- und Bohnenreben. Sie kultivierte auch Tomaten, grüne Chilis, Auberginen, Blumenkohl, Kartoffeln und Koriander. Zusammen mit diesen hatte sie Ringelblumen, Rosen, Sonnenblumen und Stauden angebaut, was zur Schönheit ihres Gartens beitrug. Die ältere Sheetala arbeitete fleißig in ihrem Garten und kümmerte sich um ihre Bäume und Pflanzen. Ihr Tagesablauf war sehr konsistent. Sie wachte vor der Morgendämmerung auf, besente das ganze Haus, kümmerte sich um ihre Hausarbeit und betete dann Gott an. Danach zündete sie den Herd an, um sich Mahlzeiten zuzubereiten.

Sheetala betrieb eine Handwebstuhl-Hausindustrie, in der auch einige Frauen aus der Nachbarschaft mitarbeiteten. Sie stellten Körbe, Sträuße, Matten und verschiedene andere Gegenstände her. Auf den Markt zu gehen und diese zu verkaufen, war eine herausfordernde Aufgabe, aber die Einheimischen kamen zu ihrem Haus, um sie zu kaufen. Abends verbrachte sie Zeit in ihrem Garten. Sie liebte es, mit ihren Pflanzen zusammen zu sein. Sie würde dort neue Vorkehrungen treffen und neue Setzlinge pflanzen. Die Pflege der Pflanzen, das Gießen, das Hinzufügen von Düngemitteln und das regelmäßige Unkrautjäten nahmen einen erheblichen Teil ihres Tages in Anspruch. Jeden Tag hatte sie viel Gemüse und Blumen aus ihrem Garten, und dann musste sie darüber nachdenken, wie sie sie verwenden sollte. Wenn sie keine Lust hätte, sie zu verkaufen, würde sie all dies den Frauen, die in ihrem Ferienhaus arbeiten, kostenlos geben. Wenn jemand in der Nachbarschaft kein Gemüse mehr hatte, kam er zu Sheetala Mata, um Hilfe zu erhalten. Sie hatte keine Skrupel, ihre Produkte zu teilen. Während der Jamun-Saison (indische Brombeere) waren die Zweige der Jamun-Bäume mit Früchten beladen. Sie pflückte Jamun für sich selbst und teilte sie auch mit allen. Sie trocknete und mahlte auch die Jamun-Samen, um ein Medikament herzustellen, das für die Behandlung von Diabetikern sehr nützlich war. Auf die gleiche Weise stellte sie Medikamente aus Neemblättern, Rinde und Samen her. Sie gab einmal ihre hausgemachte Medizin einem Nachbar, und es erwies sich als vorteilhaft. Langsam erlangte Sheetala Mata Ruhm als "Heilmutter" und die Menschen von nah und fern begannen, sich ihr für Medikamente zu nähern.

Da die Zeit Flügel hat, sind so viele Jahre vergangen. Sheetala Mata wurde älter. Eines Tages besuchte einer ihrer Söhne zusammen mit seiner Familie das Haus. Sie war begeistert, ihren Sohn, ihre Schwiegertochter, ihren Enkel und ihre Enkelin zusammen bei sich zu sehen. Es war eine angenehme Überraschung für sie . Ihr Sohn war jedoch traurig, das Alter und die Einsamkeit seiner Mutter zu sehen. Er hatte das Gefühl, dass sie nicht mehr alleine leben sollte. Wie wunderbar wäre es, wenn sie diesmal auch mit ihnen nach Übersee kommen und dort für immer bleiben könnte. Es wäre eine große Freude, eine komplette Familie zu haben, und niemand wird sich einsam fühlen. Er drückte seiner Mutter seine Gedanken aus: „Mutter, auch du sollst uns diesmal begleiten. Sie werden es genießen, bei uns zu sein, Ihren eigenen Kindern . Es wird uns auch glücklich machen und wir werden uns auch um Sie kümmern können."

Seine Mutter war sehr erfreut zu wissen, dass ihr Sohn sich Sorgen um sie machte und ihre ständige Anwesenheit bei ihm wünschte. Schon damals konnte sie aufgrund ihrer großen Verbundenheit mit ihrem Heimatort , ihrem Haus und ihrem Garten diesen Vorschlag, das Dorf zu verlassen und sich im Ausland dauerhaft niederzulassen, nicht annehmen. Ihr jetziges Zuhause gab ihr ein Gefühl des Paradieses. Also zog sie es vor, ihrer alten Routine und Lebensweise treu zu bleiben. Daher hatte ihr Sohn keine andere Wahl, als zu seiner Familie im Ausland zurückzukehren. Sheetala Mata setzte ihren gewohnten Tagesablauf fort, zufrieden mit ihrem eigenen Heimatort, ihrem Dorf, ihrem Zuhause und ihrem Garten und dem Grün der Natur.

Der Weg der Ehrlichkeit

Pragati war ein intelligentes Mädchen. Sie studierte in der achten Klasse. Sie war von Natur aus bescheiden und sehr scharfsinnig. Sie gehörte zu den klügsten Kindern ihrer Klasse. Im Sport hinkte sie nie hinterher. Ob es darum ging, in der Nachbarschaft Cricket zu spielen oder an den Schulsportveranstaltungen teilzunehmen; sie war immer eine aktive Teilnehmerin. Ihre Familie, Nachbarn und die Verwandten lobten sie immer. Da sie ein gutherziges Mädchen war, versuchten manchmal die Kinder in ihrer Klasse, sie auszunutzen. Ob es sich um Klassentests oder Prüfungen handelte, die Kinder um sie herum versuchten immer, in ihr Exemplar zu schauen und baten sie, ihnen auf unfaire Weise zu helfen. Da es notwendig ist, die Regeln während der Prüfung zu befolgen, versuchten die Aufsichtspersonen, in den Prüfungshallen eine strenge Disziplin aufrechtzuerhalten. Die Schüler begannen immer noch Gespräche miteinander, sobald die Lehrer außer Sichtweite waren. Unnötige Gespräche sind während der Prüfungen immer verboten. Nach dem Prüfungssystem wird dies in der Regel als unlauterer Umgang mit Mitteln angesehen. Allerdings kennt nicht jeder Schüler die Wichtigkeit von Regeln und befolgt sie nicht strikt. Pragati bereitete gewöhnlich ihren gesamten Lehrplan ordnungsgemäß auf die Prüfung vor und suchte nie unangemessene Hilfe. Andere Kinder mochten diese ehrliche Herangehensweise nicht. Sie versuchten, durch Gesten zu kommunizieren und brachten manchmal sogar kopiertes Material von zu Hause mit. Es gab eine fliegende Truppe, die plötzlich auftauchte und diejenigen erwischte, die die Antworten kopierten und Betrugsversuche unternahmen. Sobald die Geschichtsprüfung stattfand. An diesem Tag wurde Pragatis Klasse von Madam Sanskriti beaufsichtigt. Sie hatte bereits angekündigt, als die Prüfung beginnen sollte, dass sich jeder Schüler um die Schulregeln und auch die Prüfungsregeln kümmern müsse. Wenn ein Schüler mit irgendeiner Art von Betrugsmaterial gefunden wird , wird er bestraft. Wenn sie versehentlich etwas mitgebracht haben, sollten sie es entweder dem Aufsichtspersonal übergeben oder stillschweigend im Mülleimer entsorgen. Die Prüfung begann und alle waren beschäftigt, um ihre Papiere rechtzeitig fertigzustellen. Diejenigen, die unvorbereitet waren, schauten hier und da nach und versuchten, wenn möglich, neue Tricks auszuprobieren. Und nach kurzer Zeit tauchte die fliegende Truppe auf. Sie überprüften die Taschen der Schüler und ihre Geometriekoffer. Einige Schüler waren sehr nervös und beteten zu Gott, oh Gott: „Bitte rette mich heute. Ich werde in Zukunft immer vorbereitet sein."

Sobald die fliegende Truppe den Raum verließ, fühlte sich jeder wohl. Der Lehrer wies die Prüflinge an, ihre Arbeit rechtzeitig zu beenden, da ihnen keine zusätzliche Zeit zur Verfügung gestellt würde. Die Lehrerin drehte sich ständig im Klassenzimmer. Als sie sich Pragati näherte, stand sie auf und sagte der Lehrerin, dass sie mit ihr sprechen wolle. Sie hatte einige schriftliche Antworten auf die kleinen Zettel gebracht, die von keinem der Lehrer gesehen werden konnten. Schon damals übergab sie all diese Dinge der Lehrerin Sanskriti und bat sie um Vergebung. Sie versprach, den Fehler in Zukunft nicht mehr zu wiederholen.

Die Lehrerin war ganz erstaunt. Sie konnte es in ihren Augen nicht glauben, als das Unglaubliche geschehen war. Sie wurde auch durch die falsche Handlung eines ihrer klugen und intelligenten Schüler verletzt. Es war einfach eine schockierende Erfahrung für sie. Schon damals erlaubte sie ihr, an ihrem Platz zu sitzen und ihre Prüfungsarbeit abzuschließen.

 Als die Prüfung beendet war, rief sie Pragati im Personalraum an und fragte sie, warum sie so einen schlechten Job gemacht habe. Warum sie eine Handlung getan hat, die selbst von den Narren nicht erwartet wird. Pragati schämte sich dafür. Sie entschuldigte sich für den Fehler, den sie versehentlich gemacht hatte, und versprach, ihn in Zukunft nicht mehr zu wiederholen.

"Warum hast du das getan , Pragati ? Ich konnte mir nicht einmal vorstellen, dass du das kannst?" Fragte der Lehrer Sanskriti.

Der arme Kerl konnte nicht viel sprechen.

Erst als sie zum Sprechen gezwungen wurde, erzählte sie, dass sie aufgrund ihrer Krankheit nervös wurde und ihr Selbstvertrauen verlor. Sie dachte, dass sie ihre Prüfungen nicht bestehen könne und in der Klasse und zu Hause verspottet werde.

"Oh, meine Liebe ! Geht es dir gerade gut?"

"Ja, Madame."

"Du bist auch ziemlich intelligent und weise. Du darfst dein Vertrauen in dich selbst nicht verloren haben. Selbst dann bin ich beeindruckt von deinem ehrlichen Verhalten. Wenn du im Leben immer dem Weg der Ehrlichkeit folgst, wirst du dich immer erheben und bei jeder Untersuchung deines Lebens hervorragende Ergebnisse zeigen. Das Leben ist wie ein Spiel . Gewinnen und Verlieren bedeutet nicht zu viel. Wichtiger als alles andere ist es, sich um die Werte zu kümmern und immer zu versuchen, den richtigen Weg zu gehen. Du bist ein gutes Mädchen. Ich wünsche Ihnen viel Erfolg und eine glänzende Zukunft."

Wir sind alle in dem einen oder anderen Moment in der Situation, in der Pragati in der Geschichte stand. Wir sind manchmal verwirrt, welchen Weg wir täuschen sollten, da der falsche Weg immer leicht zu sein scheint. Daher sind die Chancen, diesen Weg zu gehen, umso größer. Selbst dann müssen wir auf dem Weg der Ehrlichkeit bleiben, da dieser auf lange Sicht bessere Ergebnisse bringen wird.

Niranjana

Als Niranjana und ihr Bruder Nikhil aus dem Schulbus stiegen, betraten sie das Schultor. Als sie durch die langen Gänge der Schule gingen, gingen beide zu Nikhils Klasse. Sie ließ ihn in der Klasse und eilte zu sich selbst. Dort angekommen, legte sie ihre Tasche auf ihren Sitz und begrüßte ihre Freunde, die bereits mit Liebe waren. Niranjana kam immer etwas früher zur Schule als vorgesehen, weil ihr Bus sie in der ersten Runde von der nächsten Haltestelle abholte. Die Kinder, die in der zweiten Runde ankamen, erreichten die Schule in der Regel etwas später als die ersten. Vor dem Morgengebet unterhielt sie sich mit ihren Freunden und ging dann zum Lehrer, um zu fragen, ob sie irgendwelche Pflichten erfüllen müsse. Shalini war ihre liebste und engste Freundin. Sie würde sich einen Platz für sie sichern und sie bei jeder Aufgabe unterstützen. Auch heute ging sie mit Shalini aus, um den Lehrer zu finden, der die Gebetsversammlung leitete.

"Schau, Shalini! Unsere Pragya Madam kommt. Fragen wir sie, ob sie uns die Anwesenheitsliste unserer Klasse gibt. Sie scheint mit so vielen Dingen in der Hand überlastet zu sein.

"Komm, lass uns gehen und es holen", sagten die beiden Freunde und begannen, sich in die Richtung zu bewegen, aus der sich Ma'am Pragya näherte.

»Guten Morgen, Ma'am«, begrüßten sie sie respektvoll.

»Guten Morgen, Kinder. Wie geht es dir?" Ma'am lächelte.

"Ma 'am, dank Ihres Segens geht es uns gut."

"Ma 'am, wenn es Ihnen nichts ausmacht, können wir das Klassenanwesenheitsregister zur Klasse tragen? Ma 'am, bitte. Gib es uns. Wir behalten es in der Klasse. Bitte, Ma 'am ", baten sie sie und warteten auf ihre Antwort.

Ma 'am lächelte und gab Shalini unverzüglich das Register. Die Mädchen fühlten sich bewundert und zogen angenehm in ihr Klassenzimmer.

Nun warteten beide Freunde darauf, dass ihr respektierter Lehrer in die Klasse eintrat. Als Ma 'am ankam, standen alle Kinder auf und begrüßten sie. Ma 'am segnete sie und bat sie, sich zu setzen. Zu diesem Zeitpunkt rief Ma 'am Shalini und Niranjana zu ihr, um ihr einige Anweisungen zu geben. Plötzlich läutete die Glocke. Jetzt war die Gebetszeit. Alle Schüler standen in einer Schlange, um sich der Gebetsversammlung anzuschließen.

Shalini und Niranjana hatten die Gebetshalle bereits vor den anderen erreicht. Dort entdeckten sie Sunila Ma 'am, die die Kinderprogramme beaufsichtigte. Einige andere Kinder waren auch dort anwesend. Sie sprachen mit ihr über die Leistung an diesem Tag. Als die Lehrerin bemerkte, dass die Mädchen dort standen, leitete sie sie in Bezug auf dasselbe an.

„Möchten Sie in der heutigen Gebetsversammlung etwas vorstellen?"

»Ja, Ma 'am. Ich werde eine Geschichte erzählen «, antwortete Niranjana . Sie schien im Moment sehr glücklich zu sein.

"Und ich werde ein Gedicht rezitieren", antwortete Shalini.

"Okay, ich werde deine Namen notieren. Erinnern Sie sich an alles gut? Lass es mich einmal hören ", bat Sunila Ma 'am.

Beide Mädchen waren ziemlich aktiv und klug. Ihre Präsentationen wurden gut aufgenommen. Niranjana erzählte eine Geschichte, die ihre Großmutter ihr letzte Nacht erzählt hatte. Dies war nur eine Probe für die eigentliche Aufführung.

Alle Kinder hatten sich inzwischen im Auditorium versammelt. Wie gewohnt fand ein gemeinsames Gebet statt. Mit Musikinstrumenten, die die süßen Melodien des Gebets begleiteten, fühlte es sich an, als würden die Saiten der Herzen prickeln. Nach dem Gebet präsentierten die Kinder kulturelle Programme. Niranjana erzählte eine Geschichte darüber, wie ein Dieb aufgrund seiner Gewohnheit, die Wahrheit zu sagen, Minister an einem königlichen Hof wurde. Alle Kinder und Lehrer applaudierten mit dem Klang des Klatschens.

Heute war Niranjana sehr glücklich. Sie beschloss, fleißig zu studieren und etwas aus ihrem Leben zu machen. Sie würde nie vergessen, ihre Ältesten zu respektieren.

Am Nachmittag, als die Schule endete, stiegen alle in den Schulbus und kamen an ihrer Haltestelle an. Ihre Mutter wartete dort eifrig. Auf dem Heimweg erzählten Nikhil und Niranjana ihrer Mutter, die aufmerksam zuhörte und Hand in Hand mit den Kindern nach Hause ging, alle schulischen Aktivitäten.

Reizende Gracie

Gracie war ein reizender achtjähriger Junge. Er war ein ungezogener Kerl. Er studierte in der vierten Klasse und wuchs auch. Wie die meisten Kinder seines Alters interessierte er sich wenig für das Studium und mehr für Spielzeug und Spielzeug. Er liebte es auch, hier und da zu wandern und verschwendete Zeit mit dummen Dingen.

Er hatte einen Freund namens Siddhi, der in derselben Klasse war. Die Häuser dieser Kinder waren nicht weit voneinander entfernt. Gracie wollte den ganzen Tag mit Siddhi spielen. Aber Siddhi durfte dies nicht ohne die Erlaubnis ihrer Mutter tun. Die Bedingung war, dass sie zuerst ihre Hausaufgaben machen musste. Gleiches galt für die Situation an der Schule. Siddhi schenkte den Studien mehr Aufmerksamkeit, während Gracie immer nach jemandem suchte, mit dem sie spielen konnte. Wenn er niemanden finden konnte, spielte er mit seinem Radiergummi oder der Tonleiter. Manchmal wurde er auch von seinen Lehrern gescholten. Was dieser arme Kreative fühlen könnte, ist ziemlich schwer in Worten zu beschreiben.

Auch zu Hause musste er oft alleine spielen. Wenn er sich lange langweilte, klopfte er an die Tür von Siddhis Haus, das gleich nebenan war.

"Siddhi, Siddhi, komm nach draußen. Wir werden zusammen spielen."

"Nein, ich habe eine Menge Hausaufgaben zu erledigen."

„Auch ich habe Hausaufgaben zu machen. Was dann ? Sollten wir nicht spielen? Ich lerne nicht gerne die ganze Zeit . Gefällt es dir?"

"Auch wenn ich es nicht mag, weiß ich, dass ich es zuerst tun muss. Mama hat mir gesagt: Erst lernen, danach spielen."

"Oh ! Kein Siddhi . So kannst du nicht ablehnen. Wie können Sie das tun? Bist du nicht ein Freund von mir ? Komm schon. Lass uns zuerst spielen. Legen Sie die Hausaufgaben beiseite. Mach es später. Ich habe auch viele Hausaufgaben. Trotzdem ist es mir egal. Ich werde es später tun."

»Nein, nein, das ist nicht fair. Du machst es später. Du gehst jetzt wieder nach Hause und spielst dort. Bitte entschuldigen Sie mich. Wenn ich nicht gerne in der Schule bestraft werde."

Als Gracie das hörte, war sie traurig. Aber er hatte keine andere Wahl. Er nahm den Weg zu seinem Zuhause. Als Siddhi ihre Hausaufgaben gemacht hatte, ging sie zu Riddhis Haus, das ebenfalls in der Nähe war. Siddhi trug ihre schöne Puppe und einige andere Spielsachen mit sich. Riddhi hatte einen Innenhof in ihrem Haus. Sie spielten dort lange und gingen dann in den Garten und spielten im Schatten der Bäume. Riddhi und Siddhi genossen es, das Hausspiel zu spielen. Sie stellten Tontöpfe her und spielten mit ihnen. Dann machte der Tag eine falsche Küche und kochte Essen. Nachdem sie sich wie ihre Mutter benommen hatten, als sie müde wurden, als sie planten, das Spiel einzupacken, kam Gracie zu ihnen. Er wollte mit ihnen spielen. Dann planten die drei, ein neues Spiel zu starten, das das Schulspiel war. Siddhi fungierte dann als Lehrer, und der Rest musste zu den Schülern werden. Sie spielten und genossen viel.

Siddhi brachte ihr grobes Notizbuch und schrieb die Namen der Schauspielschüler auf. Es gab eine ordentliche Anwesenheit und dann wurden die üblichen Studien fortgesetzt. Zuerst gab es den Mathematikunterricht und dann das Hindi. Nachdem die Schüler dort ihre Schriften fertiggestellt hatten, erledigte der Lehrer Siddhi die Korrekturarbeiten und übergab ihnen die Notizbücher. Den Kindern hat es viel Spaß gemacht. Die Sonne stand kurz vor dem Untergang und ihre Mutter rief sie in ihre Häuser zurück. Die Kinder wurden gezwungen, zurückzukehren.

Die Kinder haben ihre eigene Welt. Sie sind reizende Kreaturen. Sie haben verschiedene Arten von Spaß und wollen für immer dort bleiben. Solche Leute waren Gracie, Siddhi und Riddhi.

Zu Hause hatte Gracie niemanden, mit dem sie spielen konnte. Er spielte früher alleine. Seine ältere Schwester spielte überhaupt nicht gerne mit ihm. Als er darauf bestand, mit ihr zu spielen, begann sie, ihn zu unterrichten. Das machte Gracie sehr gelangweilt.

Gracies Vater musste in einem Büro arbeiten, das sehr weit von der Stadt entfernt war. Er musste dort bleiben und kehrte nur am Wochenende nach Hause zurück. Seine Mutter arbeitete ebenfalls als Frau . Sie ging auch täglich zur Arbeit. Als sie nach Hause zurückkehrte, war sie mit den Hausarbeiten beschäftigt. Gracie bestand darauf, dass sie ihm eine Geschichte erzählte, und sie suchte oft Ausreden, um es zu vermeiden. Gracie würde sich wegen all dem sehr aufregen. Er wurde manchmal wütend und sprach mit niemandem. Aber er konnte seine Wut lange nicht zeigen. Dann hatten sie alle Spaß und die Explosion des Lachens. Gracies Schwester half ihrer Mutter bei der Arbeit . Dann genossen sie es, einen Zeichentrickfilm oder etwas Interessantes im Fernsehen zu sehen.

Gracie war auch ein Feinschmecker. Er aß gerne eine Vielzahl von leckeren Gerichten. Er fühlte sich nach kurzer Zeit hungrig. Es geschah in der Regel nach kurzen Zeitabständen und gezwungen, in die Küche zu gehen, um etwas zu essen zu suchen. Er würde alle im Kühlschrank aufbewahrten Pralinen auffressen. Wenn sowohl Pralinen als auch Früchte aufbewahrt wurden, schaute er nicht einmal auf die Früchte. Einmal passierte das Gleiche. Gracie hatte Lust, etwas zu essen.

„Was zu essen und wen zu fragen ? Da die Mutter krank ist, muss ich die Dinge selbst regeln. Komm schon, Gracie." Dachte er. "Ich muss definitiv etwas in der Küche finden." Als er das dachte, öffnete er den Kühlschrank.

"Oh nein ! Der Kühlschrank ist leer. Wie kann das möglich sein?" Er war auch überrascht und traurig. Jetzt gab er nicht auf und durchsuchte weiterhin jedes Regal und jeden Container. Und seine Bemühungen waren nicht umsonst. Da war etwas. "Habe ich etwas, das es wert ist, gegessen zu werden?" Er öffnete einen Behälter und probierte etwas, das wie Salz aussah.

"Oh ja . Es ist das leckerste ." Es war ein mit Glukose gefüllter Behälter. Er setzte sich mit dem Behälter und dem Löffel hin und genoss es, viel zu essen.

Jetzt war es zur täglichen Routine geworden, sich mit der Glukose zu ernähren, da seine Mutter viel Glukose im Bestand gespeichert hat. Innerhalb weniger Tage war der Bestand nach und nach erschöpft. Dann war die arme Gracie in Schwierigkeiten. Wann immer er Hunger verspürte, konnte er nichts zu essen finden. Er ging immer wieder in die Küche und durchsuchte alle Kisten. Mehr konnte ich aber nicht finden.

Viele Dinge sind in der Küche aufzubewahren, da es für eine berufstätige Mutter sehr schwierig ist, jeden Moment auf den Markt zu rennen.

Eines Tages brauchte auch seine Mutter etwas Glukosewasser. Sie bat ihren Sohn Gracie, es mitzubringen. Aber er weigerte sich . Als sie selbst in die Küche ging und versuchte, die Glukosebehälter zu finden, konnte sie kein einziges Korn finden.

„Gracie, Gracie, komm her! Hier wurde viel Glukose eingelagert. Wo ist es jetzt ?"

"Ich habe alles gegessen, Mama. Ich fühlte mich sehr hungrig."

"In Ordnung. Aber es muss noch etwas übrig sein. Suchen Sie danach und bringen Sie auch ein wenig für mich mit."

»Nein, Mama. Es ist nichts mehr übrig. Ich habe überall gründlich gesucht."

"Sohn, es gab einen ziemlich großen Vorrat. Sechs Container zu je einem Kilogramm. Wie konntest du so viel Glukose essen?"

Dann war Gracie Mama. Er hat nur den Kopf gesenkt. Mama sah ihre Tochter an, die ebenfalls in der Nähe stand. Sie lächelte. Mamas Wut verdunstete, und sie konnte ihn nicht anschreien, sondern lachte über sein unschuldiges Gesicht.

»War es Brot und Butter ? Wer isst Glukose in so großer Menge? Und als es fertig war, warum hast du es mir nicht gesagt? Jetzt verstehe ich, was mit dir passiert ist. Warum wirst du in diesen Tagen fett? Du solltest etwas Obst essen."

"Mama, du hast keine Früchte mitgebracht. Was könnte ich tun? Ich war wirklich, wirklich hungrig. Sagst du mir, was ich hätte essen sollen?"

"Oh, du hättest auf den Markt gehen und selbst Früchte kaufen können, oder?" Dann umarmte er ihren Sohn mit Liebe und sagte:„ Komm mit mir. Wir werden auf den Markt gehen und ein paar wichtige Dinge kaufen. Du wirst auch lernen, wie man einkauft, damit du dich um deine Mutter kümmern kannst, wenn sie krank ist und nicht selbst hungrig wirst."

Dann gingen sie alle drei auf den Markt und kauften viel ein. Sie brachten die Küchenutensilien, den Reis, die Hülsenfrüchte und den Zucker. Dann kauften sie ein paar Pralinen und Eis und Obst. Sie kehrten glücklich nach Hause zurück. Jetzt war Gracie sehr glücklich.

Das Geheimnis Des Sieges

Seine Finger rutschten ständig auf dem mobilen Bildschirm. Er fühlte sich wie ein König einer Dynastie. Der König hatte nicht nur den Namen, sondern auch die königliche Art zu leben und zu tun, was er wollte; er machte den Jungen namens Raja zu einem echten König oder Prinzen.

Raja war ein fünfzehnjähriger Junge. Aufgrund übermäßiger Verwöhnung hatte er einige schlechte Gewohnheiten in seiner Natur entwickelt und war ein fauler Junge geworden.

Früher wachte er spät am Morgen auf. Sobald er aufwachte, nahm er sein Handy automatisch in die Hand und begann, es zu scrollen. Entweder spielte er die Videospiele oder unterhielt sich mit seinen Freunden. Eigentlich war es so, dass er eine mobile Sucht entwickelt hatte. Das Smartphone war wie ein schneller Freund, bei dem er immer bleiben wollte.

"Raja, O Raja ? Wo bist du ?«, rief Mutter, als das Smartphone in seinem Zimmer auf dem Tisch lag.

"Ich bin überrascht. Wie ist das Telefon meines Kindes allein ? Er muss im Badezimmer und nirgendwo sonst beschäftigt sein." Die Mutter war besorgt.

Sie hatte recht. Raja war im Badezimmer. Als er die Tür öffnete, betrat er die Küche und bat um ein Glas Wasser.

"Oh, der Raja Sahib ist gekommen. Die Diener müssen da sein, um ihm zu dienen." Sie spottete.

Raja antwortete nicht. Er wusste, dass seine Mutter wütend war. Er nahm ein Glas, füllte es mit Wasser und trank. Er war jetzt zufrieden.

Er kehrte in sein Zimmer zurück und breitete sich wieder auf dem Bett aus. Nachdem er eine Weile dort gelegen hatte, nahm er das Handy wieder in die Hand und begann zu spielen. Er verbrachte den ganzen Tag damit und bat um nichts anderes.

Jetzt war es Nachmittag. Die Mutter rief ihn an.

„Raja, o Raja. Komm heraus und begleite uns am Esstisch."

"Nein, mir geht es hier gut."

"Willst du heute fasten? Wenn nicht, komm raus und iss etwas." Sagte sie.

Aber Raja hörte nicht zu. Er war immer noch mit seinem Handy unterwegs.

Obwohl er sich müde und auch hungrig fühlte. Selbst dann wollte er nicht aus seinem Zimmer gehen. Er blieb ein paar Minuten lang mit geschlossenen Augen sitzen und stützte sich auf sein Kissen. Er hatte Hunger. Seine Augen hatten auch leichte Schmerzen, weil er ständig auf den mobilen Bildschirm starrte. Er hatte das Spiel, das er spielte, angehalten. Er wusste, dass seine Mutter mit einem Teller voller leckerer Speisen erscheinen würde. Und das Gleiche ist passiert. Er genoss den Geschmack des heißen, zischenden Essens.

Jetzt war es Zeit zum Schlafen. Er schloss für einen kurzen Moment die Augen. Er hielt das Handy in der Hand und schlief. Als seine Mutter ihn in dieser Position schlafen sah, nahm sie ihm das Smartphone aus der Hand und ließ ihn bequem schlafen.

Aufgrund seiner Unachtsamkeit und des ständigen Beobachtens des Telefonbildschirms wurde Rajas Sehvermögen schwächer und er begann die meiste Zeit Kopfschmerzen zu verspüren. Das Problem konnte seinen Eltern nicht verborgen bleiben und sie hielten es für notwendig, einen Augenarzt zu konsultieren. Der Arzt gab Raja einen Sehtest und schlug ihm vor, eine geeignete Brille zu tragen. Es gibt ein

Sprichwort : Zeit und Gezeiten warten auf niemanden. Langsam verging die Zeit und es war seine halbjährliche Prüfung eingetroffen.

Eigentlich war Raja nicht regelmäßig in der Schule. Er verpasste die meisten seiner Kurse aufgrund seiner Smartphone-Sucht. Sobald Raja von einem seiner Freunde von dem Datenblatt erfuhr, machte er sich Sorgen . Am nächsten Tag ging er zur Schule, um den regulären Unterricht zu besuchen.

"Nun Raja, was wirst du tun ? Es bleibt nur noch eine sehr kurze Zeit und es scheint den gesamten Lehrplan zu verdecken." Er fing an, mit sich selbst zu reden. Er war tatsächlich besorgt und erkannte seinen Fehler, Zeit zu verschwenden. Jetzt war ein großes Ziel vor ihm und er konnte im Moment nicht verstehen, was er tun sollte. Er hatte sein Studium nie ernst genommen. Und seine Freundschaft mit dem Handy hat ihm ein Problem gekauft. Jedenfalls war er nicht bereit aufzugeben. Er beschloss, hart zu arbeiten und den Kampf zu gewinnen. Er war nicht übermütig, aber er versprach sich, sich zu verbessern. Seine Freunde und Lehrer halfen ihm dabei. Er schaffte es schnell, alle seine Lektionen und Aufgaben zu erledigen und zeigte sie den jeweiligen Lehrern. Dann musste er alles gründlich studieren und auch auswendig lernen. Aufgrund der Fülle des Lehrplans und der Zeitknappheit konnte Raja nicht einmal richtig schlafen.

Am Tag seiner ersten Prüfung erreichte er den Prüfungssaal und setzte sich. Er betete zu Gott, indem er für eine Weile die Augen schloss. Als das Frageblatt auf seinem Tisch erschien, war er kurz davor, in Ohnmacht zu fallen, da er sich nicht daran erinnern konnte, was er zu Hause studiert und gelernt hatte. Alle Antworten auf die Fragen sorgten für ein Durcheinander in seinem Kopf. Jedenfalls musste er etwas schreiben, da er das Antwortblatt nicht leer lassen konnte. Er hat die meisten Antworten falsch geschrieben . Nachdem er das Antwortblatt der Aufsichtsperson übergeben hatte, kehrte er nach Hause zurück. Er war sehr traurig . Auch seine Position in den anstehenden Prüfungen konnte er sich vorstellen. Jedenfalls musste er auf seinem Niveau gut abschneiden. Als die Untersuchung beendet war, fühlte er sich entspannt. Dann kam der Tag, an dem die Prüfungsergebnisse bekannt gegeben werden sollten und Raja weniger

Punkte erzielte, als er bereits erwartet hatte. Auch seine Eltern waren mit seiner Leistung nicht zufrieden.

Ein paar Monate später musste Raja in den Prüfungen seiner Vorstände erscheinen. Rajas Eltern beschlossen, ihm beim Studium zu helfen, da sie dachten, dass er ohne ihre Hilfe nicht durchkommen könnte.

Eines Tages rief Rajas Vater ihn an, um über sein Studium zu sprechen?

Er sagte: "Sohn, wie du deine Ergebnisse mittelfristig gesehen hast, welche Strategien hast du geplant, um die Preboards und Boards durchzugehen?" Sie müssen darüber nachgedacht haben ? Ist es der richtige Zeitpunkt, um die Dinge mit Ihnen zu besprechen?"

Raja konnte nicht antworten. Er behielt Mama. Er erkannte auch seine Fehler in der Vergangenheit und die Forderung nach harter und geplanter Arbeit in der Zukunft.

„Was haben Sie erreicht, indem Sie Ihre Zeit mit diesem Smartphone verbracht haben? Sie haben diesem Gerät Ihre Zukunft gewidmet. Jetzt geh und bleib dabei."

"Nein, Vater. Ich weiß, dass ich mich geirrt habe."

"Was hast du dann für die Zukunft entschieden?"

"Ich werdemich nicht mehr an dieses Smartphone halten. Wenn ich das tue, werde ich scheitern. Und ich bin nicht bereit, das Scheitern zu begrüßen. Also habe ich beschlossen, mein Bestes im Studium zu geben. Ich werde einen Zeitplan erstellen und mich daran halten. Bitte vergib mir, Vater, für meine früheren Fehler."

Rajas Stolz wurde durch die Worte seines Vaters geweckt. Er sagte: „Papa, ich verspreche, dass ich fleißig studieren und meine Exzellenz in den Vorstandsprüfungen unter Beweis stellen werde. Bitte segne mich und führe mich auch."

„Denk daran, Raja, nichts auf dieser Welt ist unmöglich. Sobald Sie sich entscheiden zu gewinnen, trifft es eine gute Wahl. Das nächste ist, einen Plan zu haben und sich daran zu halten. Ihre aufrichtigen Bemühungen sind erforderlich. Mein Segen ist immer bei dir."

Raja änderte von diesem Tag an seine Routine. Er erstellte einen festen Zeitplan, dem er folgen sollte. Er reservierte ein wenig Zeit für Unterhaltung und keine Zeit für Videospiele. Er nutzte sein Smartphone auch für sein Studium. Auf diese Weise bereitete sich Raja mit großem Engagement auf die Prüfungen vor. Als er in den Prüfungssaal ging, hatte er überhaupt keine Angst. Diesmal hat er es gut gemacht und die meisten Fragen richtig beantwortet.

Alle Schüler waren gespannt auf das Ergebnis. Als die Prüfungsergebnisse bekannt gegeben wurden, waren alle erstaunt. Rajas harte Arbeit hatte sich ausgezahlt. Er sicherte sich den ersten Platz in seiner Klasse. Seine Lehrer klopften ihm auf den Rücken, und seine Freunde lobten ihn. Rajas Eltern umarmten ihn, überschütteten ihn mit Liebe und segneten ihn.

Eigentlich war Raja von Anfang an ziemlich intelligent. Deshalb wurde er etwas nachlässig und übermütig. Dann war das Smartphone in sein Leben getreten und verursachte viele Störungen in seinen Studien sowie in seiner Gesundheit. Also, meine lieben Kinder, die meiste Zeit könnt ihr eine solche Situation im Leben fühlen. Dann müssen Sie sich der Tatsache bewusst sein, dass es keine Möglichkeit gibt, hart zu arbeiten. Und wenn du deine Zeit von Anfang an regelmäßig in dein Studium investierst, dann hast du nicht das Gefühl, dass du zu hart arbeiten musst. Studien können sehr interessant werden. Sie können auch etwas Zeit für Spiele und Unterhaltung haben.

Planung und harte Arbeit sind in der Tat die Geheimnisse des Erfolgs. Auch Raja hatte die Lektion gelernt.

Die Melodiösen Noten

Noni und Neenu waren beste Freunde. Beide waren Teenager, etwa fünfzehn oder sechzehn Jahre alt. Sie hatten seit ihrer Kindheit zusammen studiert. Auch das freundschaftliche Band zwischen den beiden wurde von Tag zu Tag stärker.

Die Häuser, in denen die Mädchen lebten, waren nicht so nah beieinander. Sie lagen weit auseinander und an zwei verschiedenen Orten. Da sie an der gleichen Schule studierten und auch die gleiche Klasse teilten, hatten sie genug Zeit, um miteinander zu verbringen. Die beiden Mädchen studierten im neunten Standard. Beide waren aufrichtig und halfen sich gegenseitig beim Studium.

Noni war etwas größer und stärker, während Neenu schlank war und einen gewöhnlichen Look hatte. Tatsächlich sind die Looks nicht das Synonym für Persönlichkeit, da die Gesamtpersönlichkeit einer Person eine Kombination aus verschiedenen Qualitäten, Einstellungen und moralischen Werten ist. Deshalb können wir Menschen nicht nur nach ihrem Aussehen beurteilen. Wir alle wissen, dass wahre Freundschaft ein Geschenk Gottes ist. Glückliche Menschen sind mit diesem kostbaren Geschenk begabt. Echte Freunde ergänzen sich oft. Jeder Mensch hat Fehler, und niemand ist perfekt. Jeder Mensch macht viele Fehler in seinem Leben. Keiner der Menschen ist perfekt in dieser ganzen Welt. Wir alle haben einige oder andere Mängel. Außerdem fühlen wir uns perfekt, wenn wir treue Freunde haben, ohne besondere Anstrengungen zu unternehmen.

Noni und Neenus Freundschaft war so. Wenn einer der beiden in der Schule abwesend bleiben musste, würde der andere ihr helfen, alle Klassen- und Hausaufgaben für diesen Tag zu erledigen. Sie halfen sich gegenseitig. Daher zeichneten sich beide in ihren Studien aus.

Noni liebte Musik. Sie sang auch gerne. Wann immer sie es versuchte, spürte sie, dass sie nicht gut singen konnte. Auf der anderen Seite würde Neenu ein wenig singen. Eines Tages, als Neenu eine Melodie summte, wurde dieses Geheimnis ihrer Freundin Noni enthüllt. Sie schätzte sie. Sie war traurig, warum ihre Stimme nicht so gut war und sie nicht gut singen konnte. Dann beschloss sie, dass sie ihrer Freundin zuhören und versuchen würde zu lernen, wie man singt. Sie bat Neenu, sie zu unterrichten, aber Neenu selbst war keine perfekte Lehrerin. Sie sagte: „Warum sollten wir in dieser Hinsicht nicht mit unseren Eltern sprechen? Sie arrangieren vielleicht einen Musikunterricht für uns beide, da auch ich viel lernen muss. Ich bin nicht so gut in Musik."

Noni verstand, was ihre Freundin sagen wollte. Sie sagte ihr, dass sie Neenus Haus am kommenden Sonntag besuchen würde. Neenu war glücklich. Sie erzählte, dass das komplette Gespräch unter den Freunden stattfand und auch ihr Wunsch.

Kinder sind sehr unschuldige Kreaturen. Sie sind auf der Ebene ihres Gewissens sehr klar und sauber. Sie haben nicht die Angewohnheit, Groll in ihren Herzen zu hegen. Sie können nicht anders, als unkompliziert zu sein, weil sie nicht das Bedürfnis haben, anders zu sein. Wenn eine Person von der Kindheit bis zur Jugend heranwächst, beginnt die Einfachheit ihrer Persönlichkeit zu verblassen und sie schaffen verschiedene Schichten oder Masken um sich herum. Das nennen wir „Weltlichkeit". Denken Sie daran, was mit der Welt passiert wäre, wenn alle Menschen Kinder wären. Dann gäbe es keine Kämpfe, keine Streitereien und keine Eifersucht. Jeder konnte in Liebe und Frieden bleiben. Wäre die Welt nicht ein besserer Ort zum Leben.

Schließlich kam der Sonntag, als Noni den Ort des Neenu besuchen musste. Es war gegen zehn Uhr morgens. Neenu hatte ihre Familie bereits darüber informiert, dass ihre besondere Freundin herüberkommen würde. Mama bereitete ein besonderes Frühstück für den besonderen Gast vor und alle versammelten sich um den Esstisch. Brotpakoras waren sehr lecker. Sie alle genossen es zusammen mit dem

Gespräch. Mama sprach mit Noni über ihre Mutter und andere Familienmitglieder. Auch andere nahmen an den Gesprächen teil. Nach dem Frühstück nahm Neenu Noni mit um ihr ganzes Haus und brachte sie dann zurück in ihr eigenes Zimmer.

"Noni, komm. Sieh dir diesen Raum an. Es ist mein Arbeitszimmer ? Wie ist es ? Lass uns hier sitzen und entspannen. Komm. Nimm diesen Stuhl." Sie zeigte auf einen der Stühle und nahm den anderen für sich.

Dort saßen sie lange. Sie sprachen weiter über verschiedene Themen. Dann fingen sie an, Scrabble zu spielen. Noni war glücklich. Später, als sie einige Notizbücher teilten, bemerkte sie, dass Neenu einige Lieder auf den Rückseiten ihres Notizbuchs geschrieben hatte. Fragte Noni: „Neenu, bitte singe für mich. Es wird mich glücklich machen." Als Neenu das Lied sang, war sie begeistert, ihre melodische Stimme zu hören. Am Abend, nachdem er gespielt und viel Spaß gehabt hatte, wollte Noni zurück. Sie verabschiedete sich von allen und ging zurück.

Zu Hause angekommen, begann Noni täglich bei ihrer Mutter darauf zu bestehen, dass sie auch Vokalmusik lernen wolle. Auch ihr gefiel die Idee. Ihre Mutter hatte bereits darüber nachgedacht, ihrer Tochter offiziell Musikunterricht zu geben. Also unterhielten sich die Eltern der beiden Mädchen über dasselbe. Es gab eine Musikschule in der Stadt. Beide Freunde, Neenu und Noni, hatten dort eine klassische Musikausbildung. Sie mussten das Singen auch zu Hause üben. Innerhalb weniger Monate lernten sie die Grundlagen der Musik. Immer wenn sie zusammen sangen, wurde die Umgebung mit ihrer süßen, melodischen Stimme fröhlich. Alle waren zu Hause und in der Schule glücklich und schätzten die Bemühungen beider Mädchen.

Oma Und Amisha

"Oma, o meine liebe Oma, wo bist du ? Ich habe dich schon lange überall gesucht? Spielst du das Versteckspiel mit mir ?" Amisha, ein zehnjähriges  Mädchen, rannte hier und da in ihr Haus. Als sie herumlief, entdeckte sie ihre Großmutter, die im Gebetsraum saß. Sie dachte: "Wäre es nicht eine bessere Idee, eine Weile zu warten, anstatt sie während ihrer Gebete zu stören?"Und die kleine Amisha stand in einiger Entfernung wartend da. Aber sie konnte nicht länger als ein paar Minuten warten. Sie ging zu Oma und begann, sie zu beunruhigen.

"Oh, Amisha, du bist es. Ich kann dich jederzeit identifizieren, auch mit geschlossenen Augen. Oh ! Komm schon, ungezogene Puppe. Lass mich zuerst. Erst dann kann ich dir zuhören, was du sagen willst «, sagte ihre Großmutter. Die kleine Amisha war ein bisschen unartig. Meistens wollte sie, dass jemand mit ihr spielt. Zu Hause war ihre Großmutter ihre beste Freundin. Sie versuchte immer, bei ihr zu bleiben. Entweder redeten die beiden viel oder die Kleine wollte einige Geschichten oder Reime oder ihre Erfahrungen in der Schule erzählen. Manchmal war sie neugierig, Geschichten von ihrer Großmutter zu hören.

Was für eine nette Sache Gott geschaffen hat. Die Freundschaft von Jung und Alt. Beide mögen die Gesellschaft des anderen, da sie sie am meisten brauchen. Die kleinen Lebewesen haben immer etwas zu sagen und mit ihren Lieben zu teilen. Die Großeltern wissen mit allem umzugehen, was die Jüngeren gerne tun. So auch die Oma und Amisha, ihre Enkelin.

Als die Gebete vorbei waren, brauchte Großmutter etwas
Unterstützung, um aufzustehen. Sie unterstützte Amishas Arme, stand auf und kam aus dem Gebetsraum.

Amisha spielte viel mit ihrer Großmutter. Immer wenn sie ihre Großmutter mit etwas Freizeit sah, fing sie an, mit ihr zu sprechen. Sie spielte nicht nur mit ihr, sondern teilte auch alle Ereignisse ihres Tages. Alle Geschichten aus ihrer Schule und alles, was sie im Kopf hatte. Ihre Eltern waren berufstätig und hatten keine freie Zeit mit ihrer Tochter zu verbringen. Ihr Großvater war immer damit beschäftigt, entweder Zeitung zu lesen oder fernzusehen. Manchmal spielte er auch gerne mit der süßesten Kreatur zu Hause.

Auf diese Weise standen sich das Oma- und Amisha-Duo sehr nahe und arbeiteten gut. Sie probierten etwas Neues aus, wann immer sie Zeit hatten.

Die Großmutter saß auf dem Sofastuhl im Flur. Auch Amisha kam dorthin und verbeugte sich auf ihrem Schoß. Sie umarmte ihre Enkelin und ließ sie neben sich sitzen. Dann fragte sie, was sie während des Gebets sagen wolle.

"Oma, was hast du da gemacht?"

" Ich habe zu Gott gebetet."

"Warum betest du Maa ?"

"Ich bete für dein Wohlergehen und für das Wohlergehen aller."

"Ist es notwendig, dass jeder täglich betet?"

"Ja, meine Liebe. Jeder muss mindestens ein- oder zweimal am Tag beten."

"Hört Gott auf uns ?"

„Ja, Gott erhört auch unsere Gebete und beantwortet sie."

"Wenn ich nicht bete, wird der Gott mich bestrafen?"

„Nein, Gott liebt uns alle. Warum wird er uns ohne Grund bestrafen?"

"Oma, manche Leute sagen, Gott bestraft uns. Ist es nicht wahr ?"

„Eigentlich liebt Gott uns nur. Wir werden für unsere eigenen Fehler bestraft. Bestraft dich dein Lehrer nicht jedes Mal, wenn du Unfug in der Klasse anstellst?"

"Ja, das tut sie."

"Liebt sie dich nicht?"

"O Großmutter, sie liebt mich am meisten."

„Meine Liebe, dasselbe gilt für Gott. Jetzt erinnerst du dich. Wir werden für falsche Taten bestraft. Es ist Gottes Liebe und Fürsorge, die uns nährt und uns weise genug macht, die richtigen Dinge im richtigen Moment zu tun und auch den Akt der Freundlichkeit."

"Oh ! Großmutter. Du bist meine liebste Oma. Ich werde jetzt auch weiter zu Gott beten, damit ich weiser sein kann, als ich es jetzt bin. Stimmt' s?"

"Richtig, mein Kind. Absolut richtig." Und sie umarmte Amisha.

"Großmutter, ich habe gehört, wie du etwas von Gott verlangt hast. Kannst du mir sagen, worum es ging?"

»Warum nicht ? Ich werde es dir auf jeden Fall sagen. Ich bat Gott, meine Enkelin zu inspirieren, heute Tee für mich zu machen."

"Ich, Oma? Machst du dich über mich lustig? Wie kann ich Tee für dich zubereiten, bis ich weiß, wie er zubereitet wird?" Fragte Amisha überraschend.

"Komm schon, meine Puppe. Es gibt nichts zu befürchten . Gehen wir zuerst in die Küche. Dann bringe ich dir bei, wie man eine Tasse Tee zubereitet."

„Oma, ich kann es auch auf YouTube lernen."

"Sicher, du kannst alles auf YouTube lernen, aber du wirst es lieben, es von mir zu lernen, da ich im Moment bei dir bin. Wenn du den Tee zubereitest, kümmere ich mich um dich. Gerade jetzt, da du zu klein bist, ist es sehr wichtig für mich, bei dir zu sein. Denn du weißt nicht einmal, wie man mit dem Gas und der Bratpfanne richtig umgeht."

Amisha zögerte. Sie wollte die ganze Arbeit in der Küche alleine und auf ihre eigene Weise erledigen. Sie hatte großes Vertrauen in sich und ihre YouTube-Erfahrungen. Auf der anderen Seite hatte ihre Großmutter Vertrauen in ihre eigenen Lebenserfahrungen.

Also wurde beschlossen, dass sowohl die Oma als auch Amisha den Tee zusammen zubereiten würden, und sie zogen in Richtung Küche.

Die Isolierte Dusche

Vor langer Zeit lebten zwei Freunde namens Leelavati und Kalavati in einer Stadt namens Rampur. Die beiden Damen waren Nachbarn und auch enge Freunde. Es gibt ein Gerücht über Frauen, dass sie jedes Mal, wenn sie sich treffen, zu viel reden und der Mittelpunkt ihres Gesprächs  die Kritik an anderen Menschen ist. Obwohl es sich bei den Gerüchten um Gerüchte handelt, fangen die Leute manchmal an, ihnen unwissentlich zu glauben. Wir müssen wissen, dass es keine gute Angewohnheit ist, andere grundlos zu kritisieren. Manche Menschen entwickeln es langsam, auch wenn sie sich dessen nicht bewusst sind.

Das Verhalten dieser beiden Freunde stand im Widerspruch dazu. Sie mochten es nie, Verleumdungen über andere auszusprechen. Sie teilten gerne die Freuden und Sorgen des anderen oder konzentrierten sich auf die Lösung eines echten Problems. Wenn sie nichts anderes zu tun hatten, teilten sie Witze und lachten herzlich.

Kalavatis Ehemann arbeitete als Bankangestellter, während Leelavatis Ehemann Goldschmied war. Beide hatten Schulkinder. Wann immer sie Freizeit hatten, trafen sie sich zu Hause. Auf diese Weise verging die Zeit. Keiner der beiden mochte es, ihre Freizeit mit Klatsch und Tratsch zu verschwenden, also begannen sie, etwas Neues und Kreatives zu planen. Sie waren auf der Suche nach Ideen, die sie in der Realität umsetzen können. Das würde ihnen Arbeit und Geld geben .

Die Zusammenarbeit wird ihnen Spaß machen. Obwohl es keine leichte Aufgabe war. Ein neues Unternehmen zu gründen und es zu vergrößern, erfordert volle Aufmerksamkeit, Zeit, Wissen sowie Engagement.

Sie waren jedoch nicht verpflichtet, Geld zu verdienen, da die Finanzen zu Hause durchaus ausreichten, um über beide Runden zu kommen. Schon damals wollten sie produktiver sein, als sie es waren. Es würde sie glücklich machen und ihre Familien auch. Was zu tun ist und welches Unternehmen sie gründen sollten, war eine Frage, die vor ihnen lag.

Einst gab es einen Abschwung auf dem Goldmarkt. Dies wirkte sich negativ auf das Geschäft von Leelas Ehemann aus. Obwohl es im Markt von Zeit zu Zeit Höhen und Tiefen gibt. Und es würde kein dauerhaftes Problem sein.

"Es ist der richtige Zeitpunkt, um ein neues Unternehmen zu gründen." Dachte Leela.

»Kala, meine Schwester, hör mir zu. Ich habe eine Idee im Kopf. Ich hoffe, es wird dir auch gefallen." Leela teilte ihre Meinung mit ihrer Freundin.

"Kann sein. Lassen Sie mich etwas im Detail wissen." Antwortete Kala.

"Sollten wir nicht ein eigenes Unternehmen gründen ?"

»Sicher. Das ist eine tolle Idee."

"Du sagst mir, welche Art von Geschäft sollen wir anfangen ? Sollen wir beide partnerschaftlich zusammenarbeiten?"

»Ja, auf jeden Fall«, sagte Kalavati.

„Was passt zu uns ? Ich meine ein Startup, in dem wir minimale Hilfe von anderen Mitgliedern unserer Familie brauchen."

"Hör zu, Leela Schwester. Starten wir ein Geschäft mit Gurken und Papas. Wir beide werden diese Produkte am Anfang vorbereiten. Wenn das Unternehmen wächst, werden wir einige weitere Mitarbeiter um Hilfe bitten." Kalavati sprach begeistert.

"Ja, das klingt gut." Leela schätzte ihre Idee.

Wir werden auch lernen, die neuen Techniken zu nutzen, um unser Geschäft in die Höhe zu treiben." Kalavati fuhr fort.

Endlich wurde die Idee genehmigt und praktisch umgesetzt. Beide notierten sich die Rohstoffe und kauften sie im Supermarkt. Sie brachten Hülsenfrüchte, Gewürze und die Tabellenkalkulationen zum Herstellen und Trocknen der Papads. Sie brachten viele Gemüsesorten wie Karotten, Blumenkohl, Chilis und Stachelbeeren, Rettich und viele mehr mit, um Gurken herzustellen. Sie kauften Behälter für die Lagerung und Verpackung der Produkte.

Auf diese Weise arbeiteten beide Freunde jeden Tag hart und bereiteten die Produkte sorgfältig vor. Sie knüpften Kontakte zu einigen Ladenbesitzern, die bereit waren, ihre Produkte regelmäßig zu verkaufen und zu bewerben. Als sie ihre ersten Einkünfte erzielten, waren sie sehr glücklich. Auch ihre Familienmitglieder schätzten ihre harte Arbeit. Sie waren auch stolz. Sobald sie alle an einem Ort versammelt waren, um ihren ersten Erfolg zu feiern, gaben ihre Kinder ihnen einen Rat: "Mama, warum verkaufst du deine Produkte nicht online?"

"Wir sind uns dieser Dinge nicht bewusst." Sagten beide Mütter einstimmig.

"Es wird einfach, Mama. Tante, wir Kinder helfen dir dabei. Es gibt so viele Online-Shopping-Sites, auf denen verschiedene Verkäufer ihre Produkte verkaufen. Es wird keine schwierige Aufgabe für Sie sein. Erstellen Sie ein Verkäuferkonto und verkaufen Sie Ihre Produkte als "Leela Kala Papad" und "Leela Kala Pickles"." Und innerhalb weniger Monate werden die Menschen Ihre Produkte lieben. Also zögere nicht, die neuen Dinge zu lernen. Ihr seid unsere mutigen Mütter. Wir werden Ihnen sehr helfen. Sind wir nicht deine Kinder?«, sagten die Kinder.

„Tolle Idee ! Dann werden wir bald berühmt sein. Habe ich recht ?" Leelavati und Kalavati sprachen zusammen. Dann klatschten alle Anwesenden.

"Es ist die Wahrheit. Wirklich, das ist kein Witz ", sagten die Kinder.

"In Ordnung, probieren wir es aus." Sagten beide Freunde. Sie waren entschlossen.

Dann ist es passiert. Sie arbeiteten alle zusammen. Der Umsatz und die Produktion stiegen von Tag zu Tag und sie konnten mehr Gewinn erzielen. Ihr Geschäft begann auf dem Markt zu glänzen. Jetzt war Leela Kala ein berühmter Markenname geworden. Es war das Ergebnis des guten Willens und der vereinten Anstrengungen aller.

Es war ein heißer Sommernachmittag. Wolken breiteten sich über den Himmel aus.

"Wir werden heute keine Papads und Gurken machen können. Also, lasst uns heute etwas Spaß haben. Manchmal sollten wir eine Pause machen ", dachte Kalavati und rief Leelavati auf ihrem Handy an, „Leela Schwester ! Komm schnell her."

"Was ist passiert, meine Liebe ? Ist alles in Ordnung ?"

"Du kommst zuerst. Es gibt eine Überraschung für dich."

"Oh ! Nein, bitte sag es mir. Ich werde auf jeden Fall kommen. Sobald ich die Aufgabe erledigt habe, werde ich vor dir erscheinen."

"Dann hör zu, Schwester . Schau in den Himmel. Das Wetter ist so schön. Wäre es nicht eine coole Idee, Tee und Snacks zusammen zu trinken? Also bitte. Kommen Sie ohne Verzögerung. Ich gehe in die Küche, um Pakoras und Tee zuzubereiten."

„Was für eine schöne Idee. Mein Mund begann zu tränen. Ich bin in ein paar Minuten mit leckerem Minze-Koriander-Chutney da." Leela antwortete und legte auf. Dann war sie damit beschäftigt, die Soße zuzubereiten. Es dauerte nur zehn Minuten und die Sauce war fertig. Leela schüttete den Inhalt in eine Glasschale und hielt ihn in den Händen, erreichte den Partyort. Alle warteten sehnsüchtig auf sie.

"Komm, Leela. Oh ! So schön. Sein Geschmack ist schön. Bitte setz dich hin und nimm deinen Teller." Sagte Kalavati.

Alle fingen an, die Gerichte auf ihren eigenen Tellern zu servieren. Kala servierte den Tee für alle . Alle genossen die Snacks, den Tee und die Gesellschaft des anderen zusammen mit dem schönen Wetter.

Die Außenansicht war vom Fenster aus sichtbar. Das Wetter war angenehm und die kalte Brise wehte. Nach einiger Zeit begann es zu regnen. Am Anfang gab es eine isolierte Dusche. Plötzlich begann es stark zu regnen. Es schien, als ob die Pflanzen und Bäume glücklich waren und ihre Freude zeigten, indem sie ihre Zweige wie Arme bewegten. Die ganze Umgebung war sehr lebhaft geworden. Nach der Teeparty genossen die Leute viel bei kühlem Wetter. Die beiden Freunde fingen an zu reden und die Kinder waren mit ihren Spielen beschäftigt. Als der Regen aufhörte zu fallen, erschien ein schöner Regenbogen am Himmel.

Das Tapfere Mädchen

Es war einmal eine Stadt namens Sitapur. Dort lebte ein Mädchen namens Bawri mit ihren Eltern. Diese Geschichte passierte in älteren Zeiten, als die Eltern bei der Auswahl des Namens ihrer Kinder nicht sehr vorsichtig waren. Früher riefen sie ihre Kinder bei jedem Namen, wie sie wollten .  "Bawri" bedeutet auf Hindi verrückt, aber das Mädchen in der Geschichte war genau das Gegenteil davon. Wenn es sich um einen Namen handelt, wird es in den meisten Fällen zur Gewohnheit, eine Person bei diesem Namen zu nennen, ohne dass jemand über seine Bedeutung nachdenkt. So war es auch mit dem intelligenten Mädchen Bawri. Schon damals war sie mit ihrem Namen nicht zufrieden. Sie dachte immer, was wäre gut gewesen, wenn auch sie einen schönen Namen wie Uma, Rama oder Tina ihrer Freunde gehabt hätte. Immer wenn jemand ihren Namen rief, war sie traurig, weil sie ihren Namen nicht mochte. Aber sie war hilflos. Wie konnte sie in der Lage sein, ihren Namen so zu ändern, wie der Name für immer ist?

Eines Tages, als sie in der Nähe ihrer Mutter saß, sah sie, dass ihre Tochter Tränen in den Augen hatte.

"Bawri, weinst du? Aus welchem Grund weinst du? Was hatte meine Tochter traurig gemacht ? Bitte lassen Sie es mich über Ihr Problem wissen? Ist etwas schiefgelaufen ?"

"Nein, Mutter. Nichts Neues. Es ist nicht so wichtig. Ich bin o.k."

"Nein, es gibt einen Grund, der dich beunruhigt. Es ist sehr wichtig, es zumindest deiner Mutter zu sagen. Du kannst nichts vor mir verbergen." Als ihre Mutter darauf bestand, dass sie die Wahrheit sagte, musste sie sprechen.

Die Mutter war überrascht, als sie erfuhr, dass der Name ihrer Tochter zu einem Problem für sie geworden war. Sie versuchte, ihre Aussage zu befriedigen: „Meine Liebe, einige der Probleme, die wir haben, sind nicht real, sondern imaginär. Das gilt auch für deine. Du solltest kein schlechtes Gefühl für deinen Namen haben. Niemand denkt daran. Der Name ist nicht Sie. Es ist nur ein Werkzeug, mit dem Sie angerufen werden, um Sie anzurufen. Namen definieren keine Person. Die tatsächliche Person in dir wird durch deine inneren Qualitäten und Taten identifiziert, die von dir ausgeführt werden. Sie müssen sich darüber keine Sorgen machen. Der Name ist den Leuten egal. Selbst dann tut es mir leid, wenn es dir Ärger bereitet hat. Ich hatte nie eine Ahnung, dass es eines Tages passieren wird."

Bawri hörte ihrer Mutter aufmerksam zu. Sie hörte auf zu weinen.

Ihre Mutter fing dann an, sie stattdessen Sanvari zu nennen. Sie liebte sie zu sehr, als sie ihre Tochter war. Sie war ein süßes Mädchen. Sie war auch sehr klug und klug. Wann immer es ein Problem gab, nutzte sie ihr intelligentes Gehirn, um es so schnell wie möglich zu lösen. Sie hörte langsam auf, über ihren Namen nachzudenken und verlagerte den größten Teil ihrer Aufmerksamkeit auf Studium und Arbeit.

Sie war ein junges Mädchen. Junge Kinder wachsen schneller. Auch sie wuchs wie ein wilder Kriecher auf. Sie hat eine fröhliche Persönlichkeit entwickelt. Sie war immer damit beschäftigt, zu lesen, zu spielen und etwas Neues oder Kreatives zu lernen.

In Wirklichkeit war das Haus ihrer Eltern ein Zentrum des Chaos und der geschäftigen Kindheit. Egal, ob es sich um einen wilden Kriecher oder einen Kriecher des Lebens handelt, er wird gedeihen und blühen. Mit ihrer süßen Stimme machte sie alle glücklich. Als ihre Mutter ihr einige Hausarbeiten übertrug, gefiel es ihr nicht. Sie konnte kaum lachen und hatte Lust zu weinen.

Bawris Mutter hatte nicht allzu viel formale Bildung. Schon damals wusste sie, wie wichtig Bildung ist. Sie wollte nicht, dass ihre Tochter ihre kostbare Zeit in der Küche verschwendet und belastet wird. Da sie auch Zeit zum Lernen braucht. Aber durch viel Arbeit zu Hause wurde die Mutter manchmal müde. Dann rief sie ihre Tochter an, um Hilfe von ihr zu bekommen, wenn auch nur widerwillig, als die Notwendigkeit entstand.

Auf diese Weise vergingen mehrere Jahre. Sanvari absolvierte die Mittelschule mit ausgezeichneten Noten und sicherte sich danach den ersten Platz in der High School. Nun, als sie mit dem Science Stream in die elfte Klasse ging, stellte sie fest, dass das Studium der Naturwissenschaften eine Herausforderung war. Mit Erlaubnis ihrer Eltern begann sie immer mehr Zeit in ihr Studium zu investieren.

Die Zeit hat Flügel. Es scheint schnell zu fliegen, wenn man glücklich ist. Bawri, das einzige Kind ihrer Eltern, war ihr Augapfel. Sie kümmerten sich bestmöglich um ihr Kind. Wann immer sie um etwas bat, versuchten sie es ziemlich oft zu erfüllen. Auch Bawri war weise genug und kannte die Grenzen. Sie hatte auch ein Gefühl des Respekts gegenüber ihren Eltern. Sie war eine zufriedene Person ohne unnötige Wünsche.

Bawri war mit der Zeit aufgewachsen. Ihr Verstand war von den sich verändernden Zeiten unberührt. Ihr ganzer Fokus lag auf ihrem Studium und dem Aufbau ihrer Karriere. Mit diesem Engagement legte Bawri ihre zwölfte Prüfung mit Bravour ab und erhielt die Zulassung zu einem Bachelor of Science-Programm.

Bawris Vater, Ramnath Ji, hatte ein großes Haus, in dem er mit seiner Familie lebte. Das Haus hatte oben eine große offene Terrasse. Der erste Stock des Hauses bestand aus drei Abschnitten. Ein Abschnitt enthielt Zimmer, der zweite Abschnitt hatte die Küche und einen geräumigen Innenhof. Der dritte Abschnitt hatte einen Garten mit üppigem grünem Gras und verschiedenen Pflanzen und Bäumen.

Gelegentlich kam ihre Freundin Rama herüber, um mit ihr zu studieren, und manchmal ging Bawri zu Ramas Haus. Meistens studierte sie jedoch bei sich zu Hause.

Im Sommer ging die Familie oft auf das Dach, um die frische Luft zu genießen, und manchmal schliefen sie auch dort. Damals waren mehrstündige Stromausfälle üblich. Um die Unannehmlichkeiten während der Ruhezeit durch heißes Wetter zu vermeiden, gingen die Menschen entweder auf das Dach oder schliefen im Hof.

Es war eine Sommernacht. Bawri studierte auf dem Dach und schlief schließlich ein. Unten im Hof schlief ihr Vater. Es war nach Mitternacht und alle hatten geschlafen. Auch Bawri hatte geschlafen. In diesen frühen Zeiten war es üblich, gegen neun oder zehn Uhr einzuschlafen.

Während des Schlafes hatte Bawri Durst. Sie wachte auf und wollte nach unten gehen, um Wasser aus der Küche zu holen. Sie bemerkte einen Schatten, der sich hier und da an der Wand bewegte. Sie hatte ein bisschen Angst.

"Was bewegt sich dort auf dem Geländer? Steht da jemand? Oh! Ja, es gibt einen Dieb. Ich kann ihn deutlich sehen."

Der Dieb ging auf dem Geländer spazieren. Es war eine dunkle Nacht und er versuchte, sie auszunutzen. Ihr Herz begann zu rasen.

"Oh! Ich verstehe.", rief eine Stimme aus ihrem Inneren. Was ist nun zu tun? Ihr Gehirn begann zu rasen.

„Warum ich Angst habe. Es gibt nichts zu befürchten. Der Dieb ist immer noch weit von mir entfernt. Er kann mich nicht innerhalb von Sekunden erreichen. Ich sollte sofort schreien, um meinen Vater aufzuwecken." Sie entschied. Sofort schrie sie laut auf, um ihren Vater aufzuwecken, der noch im Hof schlief.

„Papa, Papa! Schau da drüben... da ist ein Dieb!" Könnte Bawri sagen. Als ihr Vater ihre Stimme hörte, wachte er sofort auf.

»Bawri, wo? Wo ist der Dieb?" Bawris Vater erkundigte sich.

»Papa, schau mal da drübcn«, sagtc Bawri und zeigte auf das Geländer.

"Aber was ist das? Wo ist der Dieb jetzt? Ich kann ihn im Moment nicht sehen. Er war vor ein paar Augenblicken hier.« Sagte Bawri. Sie war so überrascht zu wissen, wie der Dieb plötzlich verschwunden war. Aufgrund des Aufruhrs und der Angst, erwischt zu werden, musste der Dieb über den Zaun gesprungen sein, um zu entkommen.

Dann kam Bawri die Treppe hinunter. Ihr Vater war sehr glücklich über den Mut ihrer Tochter. Hätte sie ihn nicht rechtzeitig geweckt, hätte der Dieb bei ihnen zu Hause einen Diebstahl vornehmen können. Jemand im Haus wachte auf. Auch ihre Mutter überschüttete ihre tapfere Tochter mit Liebe und Zuneigung, indem sie sie schätzte.

„Meine tapfere Tochter Bawri ist die Mutigste. Du hast einen tollen Job gemacht."

Bawri war sehr glücklich und stolz auf sich. Auch Bawri war damals stolz auf ihren Namen.

Das Märchenland

Sarang war ein reizender und fröhlicher kleiner Junge. Er war erst anderthalb Jahre alt. Er war ein ziemlich aktives Baby. Er pflegte den ganzen Tag lang schelmische Aktivitäten zu machen. Er versuchte immer, die Aktivitäten aller zu kopieren. Er ahmte seine Mutter nach, indem er vorgab zu fegen. Wie sein Vater nahm er einen Rasierpinsel und tat so, als würde er sich genau wie er rasieren. Es hat ihm großen Spaß gemacht. Alle Familienmitglieder schauten sich auch gerne seine lustigen Aktionen an. Zu dieser Zeit gab Sarangs Mutter ihm verschiedene Spielsachen zum Spielen und versuchte, ihn in Spiele zu verwickeln. Aber Kinder sind Kinder. Wenn ihnen die Spielsachen zur Verfügung stehen, wollen sie sie nicht einmal anfassen. Sie verhalten sich gerne wie Älteste. Deshalb kopieren sie ihre Handlungen und die Art und Weise, wie sie sitzen , stehen, sprechen und sogar essen. Manchmal werden sie zur einfachsten verfügbaren Unterhaltungsquelle für alle. So war es auch mit dem kleinen Kind Sarang.

Als er aufwuchs, versuchten seine Eltern, dass er jeden Tag etwas Neues lernen sollte. Sie rezitierten ihm sogar kleine Gedichte. Sarang wiederholte diese nur zusammen mit der Stimme ihrer Mutter. Er lernte, richtig zu sprechen. Er lernt jeden Tag ein paar neue Wörter. Obwohl er nicht jedes Wort richtig aussprechen konnte, versuchte er es. Alle seine Handlungen machten seine Eltern sehr glücklich. Er verbrachte den ganzen Tag damit, die Gedichte zu rezitieren, die er gelernt hatte, und zog von einer Ecke in eine andere Ecke seines Hauses. Als Sarang etwas älter wurde, hörte er gerne Geschichten von seiner Mutter. Er lernte auch einige von ihnen.

Sarang hatte viele Freunde in seiner Nachbarschaft. Sie gehörten alle nicht zu seiner Altersgruppe. Die meisten von ihnen waren etwas älter als er. Schon damals wollten sie alle mit Sarang spielen. Sarang war der Apfel ihrer Augen. Unter diesen Kindern war ein Mädchen namens Hina. Sie betrachtete Sarang als ihren Bruder und liebte ihn am meisten. Sie will den ganzen Tag mit Sarang spielen. Entweder spielten sie bei Sarang oder bei ihr. Sie bestand oft darauf, Sarang zu sich nach Hause zu bringen. Sarang mochte auch ihre Gesellschaft. Auf Hina's beharrliche Nachfrage erlaubte Sarangs Mutter ihm, zu Hina's Haus zu gehen. Hina war ein sechsjähriges Mädchen. Sie hatte sich sehr gut in die Rolle seiner älteren Schwester gestellt. Sie nannte Sarang liebevoll „Mogli". Hinas Mutter kümmerte sich auch um Sarang, als wäre er ihr eigener Sohn. So verbrachte Sarang im Alter von vier Jahren seine Zeit mit Spielen und wurde schlau.

Eines Tages brachte Sarangs Vater ein Hörbuch für ihn. Es war das Hörbuch der Märchen. Sarang hatte ein ausgeprägtes Interesse am Lesen und Hören von Geschichten. Er spielte das Hörbuch und hörte sich alle Märchen an. Er hörte ihnen mehrere Tage lang ununterbrochen zu. Es machte ihn glücklich. Jeden Tag hörte er den Märchen zu und genoss viel.

Eines Tages hatte Sarang einen Traum von den Feen. Die Feenkönigin war in sein Haus gekommen, um ihn zu treffen. Sie nahm ihn mit ins Märchenland. Er bewegte sich überall herum. Dort sah er verschiedene Arten von Feen. Es schien, als würden sie von hier nach dort in der Luft schweben. Immer wenn er versuchte, die Feenkönigin um etwas zu bitten, deutete sie darauf, dass er schweigen sollte. Am Anfang sah Sarang zwei Feen, die schreckliche Fee und die wütende Fee. Die Feenkönigin fasste Sarangs Hand fest und nahm ihn ihnen weg. Dort traf er so viele gutherzige Feen.

Die Feenkönigin sagte zu dem Jungen: „Sarang, sieh mal. Das sind alles gute Feen. Sie helfen wirklich jedem, der edle Taten vollbringt."

Sarang war sehr glücklich, hier und da im Märchenland herumzulaufen. Er war noch nie im Märchenland gewesen. Er fragte die Feenkönigin: "Kann ich für immer hier im Märchenland bleiben?"

Als sie das hörte, lächelte Königin Fairy und antwortete: „Nein, Sarang, meine Liebe. Du kannst hier nicht bleiben. Das Märchenland ist nicht für Menschen gedacht. Es ist nur ein Ort der Feen."

Sarang war im Moment traurig. Er hatte den großen Wunsch, im Märchenland zu bleiben. Als sie ihn verärgert sah, sagte Königin Fairy: "Sei nicht traurig, Sarang. Du kannst das Märchenland wieder besuchen, wann immer du willst."

Sarang freute sich sehr, das zu hören. Die Feenkönigin fuhr fort: "Wenn alle Menschen anfangen, im Märchenland zu leben, wird es überfüllt sein und höchstwahrscheinlich würde die Zahl der schrecklichen und wütenden Feen zunehmen. Dann würde niemand gerne hier leben. Die guten Feen würden gerne von diesem Ort weglaufen." Sarang war sehr überrascht. Königin Fairy winkte mit ihrem Zauberstab in die Luft und bat Sarang, sich etwas zu wünschen.

Sarang wollte ein Geschichtenerzähler werden. Die Feenkönigin segnete ihn mit dem Segen.

Sarang drückte seinen Wunsch aus, das Märchenland erneut zu besuchen. Diesmal sagte Königin Fairy nichts. Sie lächelte und berührte sanft Sarangs Kopf mit ihrem Zauberstab. Sarang fühlte sich an, als würde er auf den Boden fallen. Als er die Augen öffnete, wurde ihm klar, dass er vom Märchenland träumte. Er erinnerte sich gerne an alles, wovon er geträumt hatte. Nach ein paar Tagen hatte Sarang den Traum vom Märchenland vergessen.

Sarang studierte in der ersten Klasse in der Schule. Er hatte gelernt, Sätze zu konstruieren. Eines Tages, als er seine Hausaufgaben auf Hindi machte, dachte er darüber nach, eine Geschichte zu schreiben. Er schnappte sich das Tagebuch seiner Mutter und holte schnell einen Bleistift heraus, um mit dem Schreiben der Geschichte zu beginnen.

Er schrieb die Geschichte in etwa so. Der Titel **lautete "Sohans Weisheit".**

In einem Dorf lebte ein wohlhabender Mann namens Dhaniram. Er hatte einen Sohn namens Sohan. Eines Tages

musste Dhaniram für eine dringende Arbeit ausgehen und seinen Sohn Sohan zu Hause lassen. Er wies Sohan an, die Tür richtig zu verriegeln und nicht für Fremde zu öffnen.

Kurz nachdem Dhaniram gegangen war, klopfte jemand an die Tür. Sohan fragte: "Wer ist es?" Der Fremde antwortete: "Ich bin Dhanirams Freund." Sohan öffnete die Tür und war überrascht, zwei Eindringlinge im Haus zu finden. Dann erinnerte er sich an den Rat seines Vaters, sein kluges Gehirn und seine Geduld in schwierigen Zeiten einzusetzen. Sohan sah, wie einer der Eindringlinge eine Pistole auf ihn richtete.

Sohan hat sich schnell einen Plan ausgedacht. Er fand eine Ausrede, um auf die Toilette zu gehen. Als er von dort zurückkehrte, fragte er die Eindringlinge: "Wirst du Wasser trinken?" Als sie ja sagten, brachte er Wasser. Nachdem sie dieses Wasser getrunken hatten, wurden die Eindringlinge bewusstlos und fielen auf den Boden. Unbemerkt von den Eindringlingen hatte Sohan dem Wasser, das er servierte, eine Schlafdroge hinzugefügt. Sie tranken es und wurden bald bewusstlos. Sohan rief sofort die Polizei und informierte sie über die Eindringlinge. Die Polizei kam, verhaftete die Kriminellen. Zu diesem Zeitpunkt war auch sein Vater Dhaniram nach Hause zurückgekehrt. Die Polizei lobte Sohans Intelligenz sehr und gab ihm auch eine Belohnung. Sohans Vater liebte ihn sehr.

Sarang zeigte diese Geschichte seiner Mutter, die sich sehr freute. Sie ermutigte Sarang, weitere Geschichten zu schreiben.

Als Sarang älter wurde, wurde er immer kreativer. Es gab einmal einen Wettbewerb zum Schreiben von Geschichten, der in der Schule organisiert wurde. Sarang nahm ebenfalls an diesem Wettbewerb teil und erhielt die Auszeichnung. Alle Lehrer segneten ihn. Seine Mutter liebte ihn sehr.

Als Sarang in dieser Nacht schlief, träumte er wieder vom Märchenland. Die Feenkönigin liebte und segnete ihn sehr . Wieder streiften sie dort unter den Feen umher.

Der Goldene Schwan

Es war einmal in einem Dorf ein Mann namens Budhua. Er war von Beruf Weber. Er pflegte Kleidung zu weben und sie auf dem Markt zu verkaufen. Er arbeitete fleißig vom Morgen bis zum Abend und webte den ganzen Tag. Trotz seiner harten  Arbeit war er sehr arm. Wie auch immer, es war ihm möglich, über beide Runden zu kommen.

In seiner Familie gab es nur zwei Mitglieder. Neben ihm lebte seine alte Mutter zu Hause. Seine Mutter war sehr alt. Ihr Alter war deutlich auf ihrem Gesicht zu sehen. Ihre Füße baumelten fast im Grab. Sie machte sich die ganze Zeit Sorgen um ihren einzigen Sohn.

"Wie wird Budhua überleben, wenn ich sterbe ?" Sie dachte ziemlich oft nach. "Es wird niemanden geben, der sich um ihn kümmert. Diese Angst vor mir würde mich nicht einmal sterben lassen."

Sie wünschte sich eine schöne Schwiegertochter, die sich um ihren Sohn kümmern konnte. Es muss jemanden geben, der sich um ihn kümmert, wenn sie stirbt.

Für arme Menschen ist der Lebensunterhalt ein großes Problem. Budhua hat nicht zu viel verdient. Sein Verdienst konnte kaum für das Überleben von Mutter und Sohn ausreichen.

"Wenn Budhua heiraten wird, werden die täglichen Ausgaben steigen und er muss mehr verdienen. Obwohl es die Liebe im Herzen der Menschen ist, die alle Familienmitglieder zusammenhält. Auch dann spielt Geld eine wichtige Rolle." Die alte Mutter dachte den ganzen

Tag und die ganze Nacht nach. Sie betete auch regelmäßig zu Gott, damit ihre Sorgen sehr bald enden könnten.

Die alte Mutter war ständig besorgt, dass ein himmlischer Engel kommen und ihren Sohn heiraten könnte, was ihn wohlhabend machte. Tage, Monate und Jahre vergingen in solchen Sorgen und Gebeten.

Eines Tages kamen die Götter an Budhuas Haus vorbei. Sie konnten nicht als Götter erkannt werden, da sie verkleidet waren. Sie bemerkten Budhuas Zustand und beschlossen, in Gestalt von Asketen um Almosen zu bitten. Sie erreichten Budhuas Türschwelle und klopften an die Tür. Die alte Mutter öffnete die Tür und fragte.

"Baba ! Was ist los?"

„Amma ! Baba hat Hunger. Wenn du uns etwas zu essen gibst, werden deine Kinder gesegnet sein."

"In Ordnung." Mit einem Lächeln ging Amma ins Haus und brachte zwei Chapatis und etwas Gemüse von ihrem Anteil. Sie gab sie diesem Baba. Sie gab ihm auch ein Glas Wasser. Nach dem Essen war Baba sehr zufrieden und glücklich. Er sagte: "Amma, was immer du dir wünschst, bitte darum."

Amma antwortete: "Was auch immer ich verlange, wirst du es geben? Du kannst dein Wort nicht ablehnen."

"Du kannst um alles bitten, Amma. Baba hält immer sein Wort."

Die Augen der alten Dame waren voller Tränen. Sie konnte sie nicht verstecken. Sie sagte: „Baba, ich möchte eine passende Übereinstimmung für meinen Sohn Budhua finden. Wenn er heiratet und ein glückliches Leben führt, werde ich mit Frieden in die Wohnung Gottes gehen."

»So sei es.« Mit diesen Worten machte sich Baba auf den Weg.

Eines Abends, als die Sonne nach Hause zurückkehrte und die Nacht langsam begann, überall Dunkelheit zu verbreiten. Der helle silberne Mond erschien am Himmel und begann zu leuchten. Um Mitternacht waren alle eingeschlafen. Plötzlich tauchte ein Schwan im Haus der alten Dame auf. Niemand war sich seiner Anwesenheit bewusst. Es betrat lautlos den Raum, in dem Budhua Stoff auf die

Stränge gewebt hatte. Die Federn des Schwans leuchteten mit dem Glanz eines sehr hellen goldenen Lichts. Sobald der Schwan den Raum betrat, schloss sich die Tür von selbst.

Der Schwan begann, den Stoff mit den bunten Fäden zu weben, die dort bereits vorhanden waren. Es funktionierte die ganze Nacht fleißig. Kurz bevor die ersten Morgenstrahlen ausbrachen, verschwand der Schwan und ließ das Gewebe zurück.

Budhua wachte wie gewohnt am nächsten Morgen auf. Nachdem er seine normale Morgenroutine beendet hatte, machte er sich bereit für die Arbeit. Sobald er sein Zimmer betrat, sah er etwas Erstaunliches. Dort fand er einen extrem weichen und schönen Stoff mit einem seidigen Glanz. Er dachte, woher kommt dieser Stoff? Er war sich sicher, dass es am Vortag nicht an diesem Ort war. Als er die Antwort nicht bekam, gingen wir zu seiner Mutter, um die Tatsache zu erfahren.

„Mutter! Mutter! Wann hast du einen so schönen Stoff gewebt?"

"Oh, Budhua ! Mein Sohn. Machst du Witze? Du bist schließlich ein bisschen ein Dummkopf. Ich habe seit Ewigkeiten keinen Stoff mehr gewebt. Meine Güte, es ist Jahre her, seit ich gewebt habe. Lass es mich wissen, was dich beunruhigt?"

„Mutter, in meinem Zimmer liegt ein wunderschöner Stoff. Ich dachte, du hättest den Job gemacht." Antwortete Budhua.

"Wo ist es ? Lass mich mich mich selbst sehen. Ich kann es nicht glauben." Auch seine Mutter war überrascht.

"Komm mit mir." Er hielt die Hand seiner Mutter und ging auf sein Zimmer zu.

"Hier ist es. Jetzt siehst du. Bin ich ein Lügner ?"

Die alte Dame konnte nicht glauben, was sie sah. Der Sohn fuhr fort.

„Sieh dir das an, Mutter ! Ist es nicht wirklich schön ? Hast du jemals so ein schönes Tuch gesehen? Ich dachte, du hättest es vielleicht gewebt, deshalb frage ich."

„Oh ja! Das ist wirklich sehr schöner Stoff. Es ist auch fein und weich. Budhua, du musst es vergessen haben, nachdem du es gewebt hast?

Wenn nicht, wer hat es sonst getan? Es gibt niemanden außer dir und mir zu Hause." Dann starrte sie auf sein Gesicht.

"Mutter, ich weiß, dass ich nicht so intelligent bin. Aber ich habe ein scharfes Gedächtnis. Ich kann mich gut an die Dinge erinnern." Antwortete er.

"Budhua mag ein bisschen ein Dummkopf sein, aber er ist nicht so vergesslich, dass er sich nicht erinnern kann, was er gewebt hat und was nicht." Mutter erkannte es.

"Ist es in Ordnung, wenn ich das auf den Markt bringe und verkaufe?" Budhua hatte eine großartige Idee im Kopf.

Er teilte seine Idee mit seiner Mutter. "Sicher, mein Sohn. Du musst gehen. Gott hat meine Gebete erhört und uns im Verborgenen geholfen." Antwortete sie. "Er ist derjenige, der allen hilft."

Budhua ging auf den Markt und verkaufte den Stoff. Dafür bekam er einen hohen Preis. Budhua kehrte am Abend nach Hause zurück. Unterwegs kaufte er ein paar Esswaren. Als er seiner Mutter sein Einkommen zeigte, weiteten sich ihre Augen vor Erstaunen. Sie aßen beide eine herzhafte Mahlzeit und schliefen ein.

Dasselbe passierte in dieser Nacht immer wieder. Ein goldener Schwan erschien und strahlte goldenes Licht aus und verschwand vor Sonnenaufgang. Wieder sah ihn niemand. Das gewebte Tuch, das dort lag, hinterließ wieder eine Frage in den Augen der Familienmitglieder. Dasselbe geschah jeden Tag. Budhua war damals neugierig und beschloss, den Grund und die Person herauszufinden, die ihnen auf so geheime Weise half.

Er beschloss, die Wahrheit herauszufinden. An diesem Tag ging er wieder auf den Markt und verkaufte den schönen seidenähnlichen Stoff zu einem hohen Preis.

Budhua und seine Mutter waren sehr glücklich, da sie regelmäßig leckeres Essen zu essen hatten. Der Tag verwandelte sich langsam in Nacht und die Zeit kam, auf die Budhua wartete.

Er war sehr gespannt auf die Enthüllung des Geheimnisses. Die alte Dame schlief und der Sohn wartete weiter auf den geheimnisvollen Helfer. Plötzlich breitete sich ein goldenes Licht aus.

"Oh ! Was für ein Licht ist es ? Träume ich?" Er rieb sich die Augen. Als er die Augen öffnete, sah er etwas Unglaubliches. Ein goldener Schwan betrat schweigend sein Zimmer.

"Oh, was ist das? Ein goldener Schwan?" Budhuas Augen weiteten sich vor Überraschung. Er rieb sich erneut die Augen, um jede Art von Verwirrung zu beseitigen. Er rief aus: "Das ist wirklich ein goldener Schwan ! Ein goldener Schwan mit so schönen goldenen Federn ! Ich habe so einen schönen Schwan in meinem Leben gesehen." Rief er vor Freude.

"Wie schön ist das goldene Licht, das von seinen Flügeln ausgeht?"
»Budhua konnte seine Neugierde nicht zurückhalten. Er folgte dem Schwan. Sobald es den Raum betrat, wurde die Tür automatisch von innen verriegelt. Er konnte den Raum nicht betreten. Er konnte nur durch das Fenster gucken. Was er dort sah, war genug, um ihn in Erstaunen zu versetzen. Wie kann ein Schwan ein Tuch weben? Schließlich brach seine Geduld. Plötzlich verschwand der Schwan. Dort erschien anstelle des Schwans ein junges Mädchen. Budhua brach sein Schweigen. Er fragte sie: „Wer bist du ? Was machst du hier ? Wie bist du hierher gekommen? Erzähl mir alles über dich.

Das Mädchen antwortete: „Ich heiße Hansika. Ich bin ganz allein auf dieser Welt. Ich wurde von einem Heiligen verflucht, als ich mich weigerte, ihm ein Glas Wasser zu geben. In diesem Moment habe ich einen Schwan gedreht."

»Jetzt bin ich frei von dem Fluch«, fuhr Hansika fort. Während ihrer Gespräche hatte sich auch die Mutter ihnen angeschlossen.

Budhua fragte dann: "Willst du mich heiraten?"

Mit Zustimmung von Hansika und ihrer Mutter heiratete Budhua Hansika. Hansika und Budhua arbeiteten hart zusammen, um Tuch zu weben und es zu hohen Preisen auf dem Markt zu verkaufen. Unnötig zu sagen, dass sich Budhuas Tage zum Besseren verändert haben. Auf diese Weise wurde mit dem Segen des Weisen auch das Leben von Budhuas Mutter glücklich.

Geschichte der Wiege

Vor langer Zeit lebte eine arme Frau namens Bharati. Es gibt eine Geschichte, wie Armut langsam in ihr Leben trat. Es gab eine Zeit, in der sie wie eine Königin lebte. Ihr Mann besaß ein großes Unternehmen. Aufgrund einiger Umstände änderten sich die Zeiten jedoch und er musste einen großen  Verlust in seinem Geschäft hinnehmen. Sie hatten eine kleine dreiköpfige Familie. Ein Ehemann, eine Ehefrau und eine kleine reizende Tochter. Jedenfalls waren sie gemeinsam entschlossen, sich den negativen Umständen positiv zu stellen. Als der Mann anfing, ein neues Geschäft aufzubauen, brauchte er etwas Zeit, um Höhen zu erreichen. Bharati hatte viel Geduld und Hoffnung. Sie hatte vollen Glauben an Gott. Als sie mit guter Gesundheit und Wohlstand gesegnet waren, waren sie den Armen und Bedürftigen gegenüber sehr freundlich. Sie wussten, dass die schlechten Zeiten die guten zurückschicken werden. Bharatis volle Aufmerksamkeit galt der sorgfältigen Erziehung ihrer Tochter. Sie war fest entschlossen, dem Kleinen ein besseres Leben zu ermöglichen. Manchmal hatte sie kein Geld bei sich. Wann immer sie Geld für die Notwendigkeiten ihrer Tochter benötigte, verkaufte sie einige alte Habseligkeiten, die sie mit ihren Vorfahren begabt hatten. Mit diesen Einnahmen erfüllte sie alle Bedürfnisse ihrer Tochter. Im Laufe der Zeit war ihre Tochter ziemlich erwachsen und bereit, zur Schule zu gehen. Natürlich liegt es in der Verantwortung der Eltern, ihren Kindern eine gute Ausbildung zu bieten. Dies war eine neue Reihe von Verantwortlichkeiten vor ihr. Es schien eine schwierige Situation zu sein, und die Lösungen könnten erhebliche Opfer erfordern.

Eines Tages, als Bharati darüber nachdachte, wie sie mit ihrer finanziellen Situation umgehen sollte, bemerkte sie eine alte Holzwiege in ihrem Haus .

"Es könnte wertvoll sein." Dachte sie. "Ich denke, es gehört unseren Vorfahren." Sie war etwas verwirrt. Wen sie fragen und wie sie sich entscheiden sollte, überlegte sie zwei Tage lang weiter. Ihr Mann war geschäftlich nicht in der Stadt. Als ihr keine andere Wahl blieb, beschloss sie, die alte Ahnenwiege zu verkaufen. Obwohl sie es nicht verkaufen wollte, weil die Wiege sehr wertvoll und alt war. Kinder mehrerer Generationen in ihrer Familie hatten es seit jeher benutzt.

"Und jetzt war meine Tochter an der Reihe. Sie hatte es auch oft benutzt. Es war ein schönes Bett von ihr und auch ein Spiel zum Spielen. Es war wie der Schoß einer Mutter in ihrer Abwesenheit. Jetzt bin ich gezwungen, es zu verkaufen. Ich bin mit meiner eigenen Entscheidung nicht zufrieden. Oh Gott ! Bitte verzeih mir, denn es ist nur aus Pflichtgefühl."

Die Ahnenwiege war ein wertvolles Erbstück, das über Generationen weitergegeben wurde. Obwohl Bharati zögerte, es zu verkaufen, da es einen sentimentalen und historischen Wert hatte, fühlte sie sich gezwungen, dies für die Ausbildung ihrer Tochter zu tun.

Sie beschloss, eine Anzeige zu schalten, um die Holzwiege zu verkaufen. Eine großzügige Dame namens Arti, die darüber nachdachte, eine Wiege für ihre Tochter zu kaufen, sah die Werbung und kontaktierte Bharati. Sie mochte die Wiege und kaufte sie, um Bharati die notwendigen Dollars zu geben, um die Schulanforderungen ihrer Tochter zu erfüllen. Bharati kehrte glücklich nach Hause zurück, kaufte alle notwendigen Gegenstände und schickte ihre Tochter zur Schule.

In der Zwischenzeit erkannte Arti, der die Wiege gekauft hatte, dass sie ziemlich alt war, obwohl sie stark und schön war. Sie dachte jedoch darüber nach, es zu verkaufen, um ein neues für ihr Kind zu kaufen. Bald fand in der Nähe eine Auktion für alte Gegenstände statt. Arti beschloss, die Wiege zu versteigern. Zu ihrer Überraschung war das

Gebot für die Wiege viel höher, als sie erwartet hatte. Der Betrag, den sie erhielt, war deutlich höher als das, was sie an Bharati gezahlt hatte. Dann erinnerte sie sich an die ehemalige Besitzerin der Wiege, Bharati, die so arm war, dass sie ihre Wiege ihrer Vorfahren verkaufen musste, um die Bedürfnisse ihrer Tochter zu befriedigen. Sie fand Bharatis Kontaktinformationen und setzte sich sofort mit ihr in Verbindung.

Arti war erstaunt, etwas über Bharatis finanzielle Schwierigkeiten und den Grund für den Verkauf der Wiege zu erfahren. Berührt von Bharatis Geschichte, traf Arti eine Entscheidung. Sie rief Bharati an und teilte ihr mit, dass sie die Hälfte des aus der Auktion erhaltenen Betrags mit ihr teilen werde. Bharati war überwältigt von Dankbarkeit für Arti. Sie bedankte sich sehr. Jetzt hatte sie so viel Geld, dass es, nachdem sie alle Bedürfnisse der gesamten Ausbildung ihrer Tochter erfüllt hatte, jahrelang nicht erschöpft sein würde. Am Ende umarmte Arti Bharati und sagte: "Diese Wiege war immer deine, und du hast das gleiche Recht auf dieses Geld wie ich. Ich bin mehr als erfreut, dass ich dem eigentlichen Besitzer der Wiege helfen konnte." Bharati bedankte sich immer wieder sehr.

Auch Arti war zufrieden damit, gute Arbeit zu leisten, und wandte sich wieder ihrem Zuhause zu. Die Freude am Geben und Teilen sei immer größer als am Empfangen, hatte sie erkannt.

Veerus Erfindung

Es war einmal ein Wald namens Kanjakvan. Bholu Bär und seine Familie lebten dort. Auch viele andere Tiere lebten in diesem Wald. Sheru, der Löwe war der König des Dschungels. Er durchstreifte den ganzen Tag mit seiner Familie den Dschungel und schlief nachts in seiner Höhle. Es gab eine wachsame Giraffe namens Gunnu im Dschungel, die mit seinem langen Hals Gefahr aus der Ferne erkennen konnte. Appu-Elefant war so weiß wie Schnee. Er sah so schön aus, dass er mit dem berühmten Elefanten namens Airavat des Himmels konkurrieren konnte. Auf diese Weise hatte der Wald namens Kanjakvan immer eine fröhliche Umgebung. Irgendwo war tagsüber die süße Stimme zwitschernder Vögel zu hören. Sie flogen fröhlich von einem Baum zum anderen und überall herum. Einige von ihnen hatten ihre Nester auf den Bäumen gebaut. Ihr ständiges Geschwätz trug zur Freude des Dschungels bei; sogar ihre Anwesenheit machte den Dschungel lebendig. Es gab auch Manthara, den Fuchs, und Manu, den Affen; die mit ihrer Klugheit und ihrem Unfug die Atmosphäre fröhlich hielten. Im Kanjakvan lebten verschiedene andere Tiere, die ein Beispiel für Liebe, Brüderlichkeit und Einheit gaben.

Eines fehlte jedoch im Kanjakvan. Es gab keine leicht verfügbare Quelle für Trinkwasser, das heißt, das Wasser war sicher zum Trinken. In Kanjakvan gab es keine Teiche oder Brunnen. Früher gab es einen Teich, der im Sommer durch extreme Hitze ausgetrocknet ist. Es war lange her, dass die Wolken das Wasser überschüttet hatten. Es schien, als hätten sie aus irgendeinem Grund gestreikt. Wann immer die Bewohner von Kanjakvan Durst verspürten, mussten sie in den nahe gelegenen Champakvan, den Dschungel in ihrer Nachbarschaft, gehen. Die Einwohner von Kanjakvan ertrugen ihr schwieriges und trockenes Leben mit einem Gefühl der Akzeptanz und betrachteten es als ihr Schicksal.

Es gibt ein Sprichwort, dass das Schicksal nicht größer ist als das Handeln. Handlungen in die richtige Richtung haben die Macht, das Schicksal zu ändern. Gott helfe denen, die sich selbst helfen. Die junge Generation von Kanjakvan saß nicht untätig mit gefalteten Händen da. Sie bemühten sich ständig, das Problem der Wasserknappheit zu überwinden. Sie bemühten sich, irgendwie Trinkwasser in nächster Nähe zur Verfügung zu stellen, damit das Leben dieser Menschen etwas einfacher werden konnte. Es gab eine wissenschaftliche Gruppe unter den Jugendlichen, die ständig versuchte, etwas Neues zu tun. Die Mitglieder dieser Gruppe waren ziemlich intelligent und beschäftigten sich weiterhin damit, etwas Neues, Nützliches und Interessantes zu schaffen. Früher lernten sie die technologischen Fortschritte dieser Zeit kennen. Veeru, der Kopf dieser Gruppe, war der ältere Sohn des Manu-Affen. Er studierte in der zehnten Klasse. Welche Zeit ihm auch nach dem regulären Studium blieb, er widmete sie ganz seiner Forschungsarbeit. Er war zu einer Laborratte geworden, um sein Ziel zu erreichen. Veeru führte verschiedene Experimente durch. Er wollte so schnell wie möglich eine Lösung für das Problem der Wasserknappheit finden. Damit sauberes Trinkwasser für alle zur Verfügung steht.

Schließlich zahlte sich die harte Arbeit von Veeru und seinem Team aus und sie hatten eine Lösung gefunden.

Die Lösung war "Chapakal", was eine Handpumpe bedeutet. Dabei wird ein sehr langes Rohr tief im Boden vergraben. Dann mit Hilfe eines Kolbens, Ventils und Hebels. Wasser wird aus der Tiefe des Bodens an die Oberfläche gebracht. Die tapfere Jugend von Kanjakvan erfand die Technologie und wandte sie an, um einen "Chapakal" herzustellen. Sie hatten einen "Chapakal" installiert und es funktionierte. Wasser kam aus dem Boden. Das Wasser war sehr sauber und hatte einen guten Geschmack. Die Jugend von Kanjakvan hatte das Wunder demonstriert. Mit ihrer harten Arbeit ist ihr Traum Wirklichkeit geworden. Sauberes Wasser war ihnen mit relativ geringerem Aufwand in ihrer Nähe zur Verfügung gestellt worden.

Eine Welle der Freude war über den gesamten Kanjakvan hinweggefegt. Alle Tiere blühten vor Glück. Die Schwierigkeiten in ihrem Leben hatten sich etwas verringert. Nun müssten die Kinder nicht mehr verdursten und die Weibchen müssten kein Wasser aus fernen Dschungeln holen. Es gab einen Überfluss an Freude, der sich im ganzen Dschungel ausbreitete, Kanjakvan.

Eines Tages berief der Seniorenrat der Einwohner von Kanjakvan ein Treffen ein. Der Zweck dieses Treffens war es, das junge Team von Wissenschaftlern zu ehren, die mit beispiellosem Engagement und harter Arbeit an der Bereitstellung von Wasser im Dschungel gearbeitet hatten. Diese Anstrengung verdiente wirklich Anerkennung. Sie hatten ihren persönlichen Komfort geopfert und allen ein neues Leben geschenkt. Ein vielversprechender Tag wurde in der Sitzung für die Preisverleihungszeremonie beschlossen, die eine große Feier werden sollte.

Unter dem großen Banyanbaum wurde eine große Bühne wunderschön dekoriert. Die Verantwortung für die Verwaltung des Programms wurde Appu, dem Elefanten, übertragen, der mit einem Mikrofon in der Hand die Verantwortung übernahm. Alle Bewohner von Kanjakvan waren bei der Veranstaltung anwesend und setzten sich auf die Stühle. Veeru, der Vertreter des jungen wissenschaftlichen Teams, leitete das Verfahren. Als Veerus Name zur Preisverleihung aufgerufen wurde, begrüßte ihn das gesamte Publikum mit Applaus. Appu, der Elefant hob ihn auf den Rücken und umkreiste die gesamte Bühne. Der Klang des Klatschens hallte wider und hallte durch den gesamten Wald. Mit Kulturprogrammen und der Verteilung von Prasad endete die Veranstaltung erfolgreich. In Manu Monkeys Augen flossen Tränen der Freude, und sein Gesicht strahlte mit einem triumphierenden Lächeln. Schließlich war Veeru sein Sohn, und heute wurde er geehrt. Heute bereut er die Zeiten, in denen er Veeru in seiner Kindheit geschimpft und ihn während des Studiums gehänselt hat. Als Veeru mit der Medaille von der Bühne herabstieg, ging er direkt zu seinem Vater und verbeugte sich, um seine Füße zu berühren. Doch der Affe Manu ließ sich diese Chance nicht entgehen. Er bewegte sich vorwärts, um seinen Sohn zu umarmen. Die neue Erfindung, die er gemacht hatte, hatte zu seinem Stolz beigetragen.

Aufladen der Handpumpe

Das Leben für die Bewohner von Kanjakvan wurde mit Hilfe von leicht zugänglichem Wasser etwas einfacher. Nun mussten sie nicht für jeden Eimer Wasser zu ihrem benachbarten Champakvan gehen. Alle Waldbewohner lobten Manu Veeru und lebten jahrelang glücklich. Veeru hatte seine Prüfungen der zwölften Klasse mit ausgezeichneten Noten abgelegt.

Die Bewohner von Kanjakvan riefen eines Tages zu einem Treffen auf. Sie gratulierten sich gegenseitig zu den hervorragenden Prüfungsergebnissen, die die Hauptagenda des Treffens darstellten. Es wurde einstimmig beschlossen, dass am folgenden Sonntag ein großes Fest in Kanjakvan organisiert werden würde, bei dem sich alle Tiere und ihre Familien versammeln würden. Während des Festes planten sie, zukünftige Bildungspläne für ihre Kinder zu besprechen.

Am Sonntag wurden in der Nähe des größten Banyanbaums Vorkehrungen für Stühle getroffen. Ein wenig weiter entfernt gab es Tische für Essen und Arrangements für Wasser. Plötzlich bemerkten alle, dass Chimpu, die Giraffe, seinen langen Hals schwankte und versuchte, etwas zu sagen. Niemand konnte jedoch verstehen, was er zu sagen versuchte. Das Festmahl hatte noch nicht begonnen. Die Kocharrangements wurden im nahegelegenen Park getroffen. Das Aroma der Gerichte beschleunigte den Hunger des Gastes . Alle fühlten sich hungrig und warteten sehnsüchtig auf das leckere Essen. Ihre Augen begannen auf die Tische zu starren, die in kurzer Zeit mit einer Vielzahl von Gerichten gefüllt werden sollten. In dieser Erwartung gingen einige Leute hin und her. Einige saßen geduldig auf den Stühlen. Kinder tanzten zum D.J.

Chimpu, die Giraffe versuchte immer wieder etwas zu sagen. Niemand achtete auf ihn, weil es dort viel Lärm gab. Außerdem konnte Chimpu nicht klar sprechen. Nach einer Weile, Appu, bemerkte der Elefant ihn, rief ihn liebevoll an und fragte: "Chimpu, was stört dich? Du versuchst schon lange, etwas zu sagen. Sag mir, was ist los?"

"Appu Grandpa ! Schau, die Handpumpe funktioniert nicht. ? Das wird hier zu Problemen führen. Würde es nicht den ganzen Spaß der Party verderben?" Chimpu schaffte es, seine Besorgnis auszudrücken und keuchte, während er sprach.

Appu Elephant beruhigte ihn und sagte: „Chimpu, meine Liebe! Mach dir keine Sorgen. Wie auch immer, wir werden eine Lösung für das Problem finden. Komm mit mir."

Schimpangiraffe und Appu-Elefant gingen beide auf die Handpumpe zu. Als sie ankamen, sahen sie Manu Monkey mit seinem Sohn Veeru dort stehen. Veeru bediente die Handpumpe und Manu trank Wasser.

Als er das sah, weiteten sich Chimpus Augen vor Erstaunen. Als Appu ihn mit fragendem Blick ansah, stammelte Chimpu und sagte: „Nein, nein, ich sage die Wahrheit. Als ich gerade die Handpumpe bediente, hatte ich kein Wasser . Deshalb bin ich gekommen, um dich zu informieren."

Veeru tröstete ihn: „Chimpu, du hast recht. Es ist wahr, dass die Handpumpe vor ein paar Minuten kein Wasser geliefert hat. Selbst als ich es bediente, kam das Wasser nicht sofort heraus. Aber ich wusste, wo ich den Ladegutschein der Handpumpe finden konnte. Wenn Sie etwas Wasser mit einem Glas oder einer Tasse in das Rohr gießen und den Griff kontinuierlich betätigen, wird es wieder aufgeladen. Dann beginnt es wieder mit der Wasserabgabe. Ich habe dasselbe getan und jetzt kannst du sehen, wie es funktioniert. Sie müssen sich Sorgen machen, wenn Sie in Zukunft mit den gleichen Problemen konfrontiert werden. Wenden Sie einfach den gleichen Trick an und laden Sie ihn mit einer Tasse Wasser auf."

Alle Tiere waren sehr zufrieden mit Veerus Geistesgegenwart. Schimpanse applaudierte und fing an zu lachen. Jetzt haben sie alle die Party genossen.

The Champion's Day

Sheetal und Sunny waren Geschwister. Zwischen den beiden bestand ein Altersunterschied von acht Jahren. Sheetal war der Erstgeborene ihrer Eltern, während Sunnys Ankunft in der Familie acht Jahre nach der Sheetals geschah. Diese Geschichte begann zufällig, als Sunny drei Jahre alt war und Sheetal elf Jahre alt geworden war. Sheetal liebte ihren Bruder zu sehr. Sie kümmerte sich auch um ihn, indem sie den Anweisungen ihrer Eltern folgte. Da Sunny kein erwachsenes Kind war, konnte er nicht alle Spiele spielen, die sie gerne spielte. Er hatte seine eigene Art von Spielen, die er früher spielte. Daher benötigte Sheetal einen anderen Spielpartner, um mit ihr zu spielen.

Ihr Vater Venkatesh hat sich eine Lösung für ihr Problem ausgedacht. Er gab seiner Tochter gute Gesellschaft, indem er sich mit ihr anfreundete. Er beschäftigte sie mit Hausaufgaben, ging mit ihr spazieren und spielte mit ihr. Sheetal spielte mit ihren Freunden in der Schule und genoss die Gesellschaft ihrer Freunde in der Nachbarschaft. Immer noch mit ihrem Vater zu spielen, war für sie am angenehmsten.

Sonntags spielten Sheetal und ihr Vater Schach. Sheetals Mutter Radhika blieb mit Hausarbeiten oder Büroarbeiten beschäftigt. Immer wenn sie freie Zeit hatte, musste sie sich um ihren Sohn kümmern und ihn dazu bringen, neue Dinge zu lernen.

Dad liebte das Schachspiel. Im Alter von sechs Jahren begann er, seiner Tochter beizubringen, dieses Spiel zu spielen. Kinder sind in der Regel scharfsinnig. Sie lernen neue Dinge schneller als die Erwachsenen. Auch Sheetal lernte schnell, das Schachbrett mit den Bauern zu schmücken und beherrschte die richtigen Züge. Venkatesh hatte einen Traum, dass seine Tochter ein Champion im Schachspiel werden würde, wie der große Vishwanathan Anand. Egal wie beschäftigt er war, er verpasste nie den Schachunterricht, um ihre Tochter zu coachen.

Als Vater und Tochter über das Schachbrett saßen, schien es, als würden sie spielen. Stattdessen befanden sie sich auf einem Schlachtfeld, auf dem jedes Team entschlossen ist, zu gewinnen. Manchmal nahm Papa Sheetals Ritter gefangen und manchmal ihre Bauern. Manchmal warnte er sie und sagte: "Schau, Sheetal, deine Königin ist weg." Dann fing Sheetal an zu weinen: "Dad!"

Nach einer Weile sagte Papa: "Sheetal, dein König ist in Schach. Und dann Schachmatt." Dann würde sie sich ärgern. Sie zeigte ihre Wut, indem sie das gesamte Schachbrett umdrehte.

"Jetzt werde ichnicht mit dir spielen. Du betrügst mich im Spiel. Ich werde nicht mehr mit dir reden."

Eigentlich hatte Sheetal eine starke Abneigung gegen das Verlieren. Ob es Studien oder Spiele waren, sie wollte nur Siege in ihrem Anteil. In der Schachpartie war sie jedoch noch nicht hochqualifiziert und kämpfte in der Regel um den Sieg. Papa war ein ausgezeichneter Schachspieler. Sheetal hatte keine anderen Freunde, um mit ihr Schach zu spielen. Sie verlor oft gegen ihren Vater. Mama war beschäftigt, Sunny zu jung und sie musste mit ihrem Vater spielen.

An einem Sonntag sagte Vater: "Sheetal, komm schon. Lass uns spielen. Bring das Schachbrett mit den Figuren mit."

Sheetal war überhaupt nicht interessiert. Sie weigerte sich, „Nein, Vater. Ich habe keine Lust zu spielen."

"Oh ! Meine Liebe, was ist passiert ? Komm schon. Beeilen Sie sich. Sie werden viel Spaß haben." Er bestand darauf.

»Nein, Papa. Ich habe viele Hausaufgaben zu erledigen."

»Komm schon, Liebes. Heute ist Ruhetag. Du kannst deine Hausaufgaben später machen."

Eigentlich waren Hausaufgaben nicht die Sache. Das Problem war das gleiche. Ein Mädchen, das es immer mochte, ein Gewinner zu sein, war noch nicht so ein Experte geworden, um das Spiel mit ihrem Vater zu gewinnen. Sie mochte es nicht zu verlieren und ihr Vater erlaubte ihr nicht zu gewinnen, während sie mit ihm spielte. Als der Vater Venktesh weiterhin darauf bestand, das Spiel zu spielen, sagte sie: "Ich möchte nicht mit dir spielen, da ich weiß, dass ich auch dieses Mal nicht gewinnen werde." Als sie das sagte, wandte sie ihr Gesicht ab.

"Oh ! Mein liebes Kind, werde nicht wütend." Der Vater versuchte, ihrer Tochter zu gefallen. Manchmal, wenn Kinder sich aufregen, wirken sie so süß, dass Sheetal aussah wie. Viel Mühe musste sich ihr Vater machen, um sie wieder aufzumuntern und spielbereit zu machen.

„Du bist meine tapfere Tochter. Gib niemals auf, bevor du spielst, denn das Spielen des Spiels ist der erste Schritt zum Sieg."
Diese Idee kam ihr in den Sinn und sie war bereit zu spielen.

Das nennt man Sportsgeist. Egal, ob es sich um Spiel oder Leben handelt, Sie müssen sich auf Ihren Teil konzentrieren; bereiten Sie sich vor und führen Sie auf Ihrem Niveau am besten aus. Keine Angst vor dem Ergebnis.

Dann begann d zu murmeln: „Ich habe auch Angst zu verlieren."

Als ich das hörte, erschien ein Lächeln auf Sheetals Gesicht. Sie machte sich keine Sorgen mehr um das Ergebnis. Dann begann das Spiel.

"Als ich ein kleines Kind war, habe ich mit deinem Großvater gespielt. Auch ich würde weinen, wenn ich verliere, genau wie du. Da sagte mir dein Großvater: "Hör zu, Venkatesh! Betrachten Sie die Niederlage als Ihren Lehrer. Lerne aus deinen Fehlern und bereite dich auf den Sieg vor. Eines Tages wirst du ein Champion sein."Venkatesh fuhr auch beim Spielen fort."

Dann wandte er sich der Küche zu und rief seiner Frau zu: "Hör zu, Radhika ! Wo ist unser Publikum? Wir brauchen sie, um eine fröhliche Umgebung zu schaffen, um das Beste aus den Spielern herauszuholen. Bitte kommen Sie und setzen Sie sich zu uns. Das Spiel beginnt jetzt.

Bald spielten zwei Riesen das Kampfschach. Sheetal und ihr Vater waren die Spieler. Ihre Mutter und ihr Bruder waren das Publikum. Sie fuhren fort, die Spieler von Zeit zu Zeit aufzumuntern.

Sheetal war sehr glücklich und sagte: "Komm schon, Dad. Dieses Mal werde ich dich besiegen."

Papa stellte das Schachbrett auf und verstreute die Figuren darauf. Er fragte: "Sag mir, wirst du als Schwarzer oder Weißer spielen?"

»Weiß.«

Venkatesh und Sheetal ordneten die Schachfiguren auf dem Brett an.

Sie platzierten alle Teile in einer Reihenfolge. In der ersten Reihe steckten sie den Turm in die erste Schachtel, den Ritter in die zweite, den Bischof in die dritte, die Königin in die vierte, den König in die fünfte, das Kamel in die sechste, den Ritter in die siebte und den Turm in die achte." Papa arrangierte alle Teile für seine Seite und Sheetal auf der Seite von ihr. Sie hatte alle ihre Teile in einer Reihe auf ihrer Seite aufgestellt. Dann half ihr der Vater, die restlichen Teile zu arrangieren. Das Spiel begann und bald erhöhte sich die Anzahl der erbeuteten Figuren auf dem Schlachtfeld.

Papas Aufmerksamkeit war ständig auf die Emotionen gerichtet, die auf Sheetals Gesicht auftauchten.

Das Spiel war ziemlich interessant. Sheetal klatschte laut, wenn er das Gefühl hatte, dass ihr Vater das Spiel verlieren würde. Sie rief: "Mama, ich werde dieses Mal gewinnen."

Dann klopfte Mama Sheetal auf den Rücken und Papa tat spielerisch so, als würde er weinen.

Sunny und Mom steigerten weiterhin die Moral der Spieler, indem sie ständig applaudierten. In diesem Moment spürte Papa, dass Sheetal nervös wurde. Also begann Papa absichtlich zu verlieren und dieses Mal ließ er seine Tochter gewinnen, indem er einige bewusste Anstrengungen unternahm. Sheetal freute sich sehr über ihren ersten Sieg im Schachspiel.

Mama sagte: "Komm schon, beeil dich, packe das Spiel schnell ein und geh zum Esstisch zum Mittagessen."

Und alle gingen zum Mittagessen an den Esstisch.

Auf diese Weise wurde Sheetal beim Spielen und Genießen elf Jahre alt. Venkateshs harte Arbeit hatte sich ausgezahlt. In den letzten fünf Jahren hatte sie sich im Schachspiel hervorgetan. Sie hatte an mehreren Turnieren in ihrer Stadt und ihrem Bezirk teilgenommen und in vielen Siegen gewonnen.

Noch heute gab es ein Schachturnier, bei dem Sheetal eine Goldmedaille gewonnen hatte. Alle Familienmitglieder nahmen an der Zeremonie teil, von wo aus sie mit der Medaille nach Hause zurückkehrten. Venkatesh hatte heute besonders viel Glück. Er sagte zu seiner Frau Radhika: "Erinnerst du dich an den Tag, als unser Sheetal geboren wurde und meine Mutter dich verspottete, weil du ein Mädchen zur Welt gebracht hast? An diesem Tag beschloss ich, sie so fähig zu machen, dass sie unserem Familiennamen Ehre machen würde. Heute, wenn meine Mutter am Leben wäre, würde sie stolz auf unsere geliebte Enkelin sein."

Radhika nickte zustimmend. Jetzt schaute sie zum Himmel und dankte den Göttern im Himmel für alles Gute in ihrem Leben.

Bholus bunter Regenbogen

Frecher Bholu

Es war einmal ein Junge namens Bholu. Er war ein sehr niedlicher, schöner und pummeliger zehnjähriger Junge. Bholu war ein bisschen schelmisch und ungezogen sowie intelligent. Bholus Eltern und alle seine Familienmitglieder liebten ihn sehr.

Bholu ging überhaupt nicht gerne zur Schule. Aber seine Eltern erlaubten ihm nicht, an einem Schultag zu Hause zu bleiben. Obwohl er über die Bedeutung der Bildung informiert wurde und auch studieren wollte. Aber er konnte sich nicht lange auf das Studium konzentrieren. Was auch immer seine Lehrer in der Klasse unterrichteten, er konnte nicht zu viel davon lernen. Er schaute eine Weile auf den Lehrer; dann senkte er den Kopf und setzte sich ruhig hin. Um die Angst vor Fragen zu vermeiden, versuchte er oft, in eine andere Richtung zu schauen.

Eines Tages ging Bholu zur Schule. Sein Naturwissenschaftslehrer verkündete der Klasse: „Kinder, morgen werde ich der Klasse einen Test geben. Ihr alle müsst das Kapitel gründlich lesen und vorbereitet sein." Alle Kinder nickten zustimmend. Als Bholu nach Hause zurückkehrte, begann er zu spielen. Er vergaß, dass er sich auf den Test vorbereiten musste. Als das Spiel vorbei war, genoss er das Essen, schaute fern und schlief ein. Am Morgen, als er sich auf die Schule vorbereitete, erinnerte er sich an den Test.

"Oh ! Yaar Bholu ! Was werden Sie dort tun? Du hast überhaupt nicht studiert?" Er sprach mit sich selbst.

"Ich muss eine Lösung finden. Ansonsten wird es ein großes Problem für mich sein."

Bholu dachte daran, an diesem Tag einen freien Tag von der Schule zu nehmen . Da er nicht für den Test studiert hatte, war Schimpfen unvermeidlich. Dann kam ihm die Idee. Er beschloss, diese Idee auszuprobieren.

»Mama, Mama«, rief Bholu.

Seine Mutter rannte zu ihm.

»Was ist los? Machst du dich nicht bereit für die Schule ? Dein Schulbus muss bald kommen «, fragte seine Mutter.

»Nein, Mama. Ich kann nicht zur Schule gehen."

»Warum ? Was ist passiert ?"

»Mama, ich habe starke Bauchschmerzen.«

Als er das hörte, war seine Mutter besorgt . Sie konnte ihn in so einem Zustand nicht zur Schule schicken. Sie bat ihn, einen Urlaubsantrag zu schreiben und ihn seinem Freund zu übergeben. Bholus Trick hatte funktioniert. Er war ziemlich glücklich. Er tat, was seine Mutter ihm sagte, und begann dann, einen Plan zu machen, wie er den ganzen Tag verbringen sollte. "Jetzt werde ich zu Hause Spaß haben." Bholu dachte nach.

Als seine Mutter in seiner Nähe war, tat er so, als sei er krank, aber er konnte es nicht lange durchhalten.

Nachmittags verspürte er Hunger. Er dachte, seine Mutter wird ihm leckeres Essen bringen. Aber er schaffte es nicht, seine Mission zu erfüllen. Seine Mutter tadelte ihn.

"Sohn, wenn du krank bist, kannst du nicht jede Art von Essen haben. Auch dein Magen braucht Ruhe. Nehmen Sie noch heute eine orale Rehydrationslösung (Oral Rehydration Solution, ORS). Nehmen Sie auch dieses Medikament und ruhen Sie sich aus. Welche leckeren Gerichte Sie auch essen möchten, Sie können sie an einem anderen Tag essen. Werde bald gesund."

Nachdem er das gehört hatte, fing Bholu an zu weinen. Er fühlte sich, als hätte er sich wie eine Spinne ein Netz ausgedacht und wäre darin gefangen. Er versprach heimlich, in Zukunft keine Lügen zu erzählen und sich der Arbeit nicht zu entziehen. Dann wurde Bholu in seinen Studien aufrichtiger.

Bholus Ärger

Eines Tages, im sozialwissenschaftlichen Unterricht, erklärte die Lehrerin das Kapitel. Als es vorbei war, begann das Gespräch zwischen dem Techer und den Kindern. Sie begann, die Kinder nach ihren Wünschen zu fragen. Bholu hatte eine Idee davon. Er machte sich Sorgen, was er dem Lehrer zu seiner Zeit sagen würde. In diesem Moment läutete die Glocke und die Schule war vorbei. Alle Kinder fuhren nach Hause. Bholu stieg in den Schulbus ein. Nachdem er seinen Platz eingenommen hatte, begann er sich zu ärgern. Er wusste nicht, was aus ihm werden würde, wenn er erwachsen wäre. Als Bholu an seiner Haltestelle aus dem Bus stieg, war das der nächste von seinem Haus. Er begann, sich auf sein Zuhause zuzubewegen. Er sah einen Bettler am Straßenrand sitzen. Bholu bekam Angst. Er stellte sich vor, wie er selbst anstelle des Bettlers, der um Almosen bettelte, in Lumpen gekleidet war. Er hat sich aber schnell gefasst gemacht. Er beschloss, dass er es trotzdem schaffen würde, zu studieren und einen renommierten Job anzunehmen, um ein respektables Leben zu führen. Zumindest war er nicht bereit, Bettler zu werden. Bholu kam nach Hause, zog sich um und schlief ein, ohne etwas anderes zu tun.

Bholu saß im Prüfungssaal und kratzte sich am Kopf. Er hatte ein Frageblatt in der Hand und ein Antwortblatt auf dem Schreibtisch. Obwohl er die Fragen aus dem Fragebogen las, konnte er nicht einmal eine einzige Frage beantworten. Er fragte sich, was er tun sollte, und begann, die Seiten seines Antwortblatts durchzublättern. Nach einigem Nachdenken begann er, den Kopf zu drehen, um die Kinder um sich herum zu sehen. Er dachte daran, jemanden zu fragen, aber das Glück verriet ihn auch hier. Kein Kind sah ihn an, aber die Lehrerin sah ihn definitiv. Jetzt hatte Bholu große Angst. Er beschloss, den Lehrer um Hilfe zu bitten. Mutig erhob er sich von seinem Stuhl und wandte sich an den Lehrer.

„Sir, Sir, bitte erläutern Sie uns die Bedeutung dieser Frage", rief er der Lehrerin zu.

„Die Prüfung ist im Gange. Macht es Spaß? Mach es selbst. Lesen Sie die Fragen selbst sorgfältig durch, verstehen Sie sie und schreiben Sie die Antworten selbst auf das Blatt." Die Lehrerin antwortete streng.

Bholu setzte sich eine Weile hin und näherte sich dann erneut dem Lehrer, wobei er die gleiche Bitte wiederholte. Obwohl Bholu ein paar Mal abgelehnt wurde, schimpfte der Lehrer laut und schlug ihm sogar auf die Wange. Bholu schrie laut auf. Als er versuchte, sich wieder hinzusetzen, fiel er mit einem Schlag zu Boden. Die anderen Kinder im Untersuchungssaal brachen beim Anblick in Gelächter aus.

"Bholu, Bholu, was ist passiert?" Bholu hörte eine Stimme. Als er die Augen öffnete, konnte er niemanden in seiner Nähe finden.

Als Bholu die Stimme wieder hörte, bemühte er sich, die Augen zu öffnen und sah seine Mutter vor sich stehen. Sie hat versucht, ihn hochzuziehen. Dann verstand er, dass er träumte.

"Sohn, fühlst du dich nicht hungrig? Steh auf, wasch deine Hände und dein Gesicht." Sagte sie.

Bholu erinnerte sich an den Traum, den Prüfungssaal und das Fragebogenpapier.

"Oh Gott! Was für ein schrecklicher Traum es war. Ich dachte, es wäre echt." Bholu dachte nach.

Seitdem nahm Bholu sein Studium ernst und studierte regelmäßig.

Nationaler Vogelpfau

Eines Tages spielte Bholu im Hof seines Hauses. Plötzlich spürte er ein paar Wassertropfen auf seinem Gesicht.

"Oh was? Hat es angefangen zu regnen?" Dachte er. Bholu war sehr glücklich. Allmählich wurden die Regentropfen schwerer und dann begann ein sintflutartiger Regenguss. Sobald Bholus Mutter das sah, rief sie: „Bholu, komm in den Raum. Andernfalls befeuchtet das Regenwasser Ihre Kleidung. Du könntest unter Kälte leiden." Sie kam in den Hof, um ihren Sohn drinnen anzurufen. Sie sah Bholu unter der Regendusche tanzen.

"Komm Bholu. Hör auf zu baden. Nimm ein Handtuch und trockne dich ab. Schau, deine Hütten sind komplett in Wasser getaucht. Geh und zieh dich um «, befahl sie.

»Nein, Mama! Ich komme gerade nicht. Ich bade gerne im Regen. Bitte lasst mich noch einige Zeit hier bleiben. Bitte, bitte, bitte meine gute Mutter." Flehte Bholu.

"Nimm einfach eine schnelle Dusche und komm rein. Du hattest bereits gebadet und am Morgen. Jetzt darfst du dich nicht wie dieser Sohn benehmen."

"Mama, bitte." Bholu bat immer noch seine Mutter.

Mutter war wütend, als Bholu ihr nicht zuhörte. Er genoss immer noch die Regendusche. Sehr oft passiert es bei uns zu Hause, da einige Unterschiede zwischen den beiden, Eltern und dem Kind, auftreten. Eltern kümmern sich darum, dass ihre Kinder sowieso nicht leiden und die Kinder das Leben auf ihre eigene Weise genießen wollen.

Bholu zögerte, konnte sich aber den Befehlen seiner Mutter nicht allzu lange widersetzen. Er ging ins Haus, trocknete sich ab und trug die neuen Kleider. Dann brachte ihm seine Mutter ein Glas voll warmer Milch. Bholu trank die Milch und fühlte sich wohl.

Auch Bholus Vater saß dort im Raum. Bholu setzte sich neben ihn. Er begann, nach draußen zu schauen. Plötzlich drang ein starker Duft von gebratenen Pakoras in ihre Nase. Bholus Aufmerksamkeit richtete sich auf die Küche, in der seine Mutter heiße Pakoras zubereitete.

Bholu ging in die Küche. Er liebte es, Pakoras zu essen. Mutter sah ihn und fragte: "Bholu, möchtest du ein paar Pakoras haben?"

Bholu antwortete nicht. Er stand da und neigte den Kopf.

"Bholu, deine Mutter hat etwas gefragt. Hast du geantwortet?"

»Ja, Mama. Ich werde welche haben." Antwortete Bholu.

"Woran denkst du, Sohn ? Ist alles in Ordnung ? Es sieht so aus, als würde dich etwas beunruhigen. "

»Ja, Mama. Du hast recht. Ich wünsche mir etwas. Wirst du meinen Wunsch erfüllen? Ich habe auf den Bildern gehört und gesehen, dass ein tanzender Pfau sehr schön aussieht. Ich möchte einen tanzenden Pfau in der Realität sehen." Bat Bholu.

In der Zwischenzeit hatte seine Mutter die Pakoras vorbereitet und den Gasherd ausgeschaltet. Dann begann sie, die Pakoras und die Soße auf einem Tablett zu arrangieren.

"Bholu, es stimmt, dass Pfauen beim Tanzen sehr schön aussehen. Sie sind auch unser Nationalvogel. Ich genieße es auch, ihnen beim Tanzen zuzusehen, weil sie im Moment so fröhlich aussehen." Sie reichte Bholu ein paar kleine Teller und sagte: „Jetzt nimm diese Teller und geh dorthin. Ich bringe Tee und Snacks mit. Lass uns nach dem Tee dort reden."

Bholu bewegte sich in Richtung des Flurs, in dem sein Vater saß. Seine Mutter folgte ihm mit den Snacks und dem Tee. Es war eine ziemlich leckere Snackparty. Sie alle haben es genossen.

Als es vorbei war, sagte Bholu: „Papa, ich habe etwas zu sagen. Bitte hör mir zu."

"Ja, sag es mir, mein Sohn. Was willst du?«, fragte sein Vater.

"Papa, hast du jemals die Pfauen tanzen sehen? Ich habe darüber in vielen Büchern gelesen, und ich habe auch die Bilder in Büchern im Fernsehen gesehen. Aber in Wirklichkeit habe ich es noch nie gesehen. Ich möchte einen echten Pfauentanz sehen, mein Vater, bitte." Flehte Bholu.

„Bholu, das ist keine große Frage . Wir können den Zoo besuchen und nicht nur die Pfauen, sondern viele andere Vögel und Tiere sehen." Schlug sein Vater vor.

"Wirklich, Dad ? Können wir einen tanzenden Pfau im Zoo sehen? Ich möchte es mit meinen eigenen Augen tanzen sehen." Beharrte Bholu.

»Ja, Bholu. Du hast recht. Es ist eine Freude für alle, einen tanzenden Pfau zu sehen. Die Freude am Tanzen trägt zu seiner Schönheit bei. Aber es ist selten sichtbar. Wo finden wir den tanzenden Pfau ? Lass mich eine Weile nachdenken." Er fuhr fort.

Es scheint schwirig zu sein, Ihren Wunsch im Zoo zu erfüllen. So wie ein Pfau niemals tanzt, wenn eine Menschenmenge da ist. Vielleicht findest du einen im Dschungel. Sie müssen das Sprichwort gehört haben: "Wer hat einen Pfauentanz im Dschungel gesehen?" Dieses Sprichwort existiert, weil ein Pfau in Einsamkeit tanzt. Du kannst es dir ansehen, indem du dich an einem nahe gelegenen Ort versteckst. Normalerweise fliegt es weg, wenn es jemanden in der Nähe spürt." Erklärte sein Vater.

"Wirklich, Dad? Ist das so?" Als er das sagte, schwieg Bholu. Er war traurig. Er begann, in die Hohlräume zu starren. Er würde die Hoffnung verlieren, dass sein Wunsch, den tanzenden Pfau zu sehen, jemals erfüllt werden könnte.

Seine Mutter verstand Bholus Stimmung. Sie sagte: "Bholu, es ist wirklich eine schwierige Aufgabe. Ich selbst habe die tanzenden Pfauen bisher kaum drei- oder viermal gesehen? Wirklich Pfauen sind selten sichtbar und um einen tanzenden zu finden, haben wir die geringste Wahrscheinlichkeit ? "

Bholus Hoffnungsschimmer begann wieder zu steigen.

»Wirklich, Mama? Wie und wo ? Sag es mir !" Fragte Bholu eifrig.

"Warte nur, ich werde dir alles erzählen. Wenn wir mit dem Bus fahren und durch einen Dschungel fahren, können wir auf dem Weg manchmal tanzende Pfauen sehen." Das erklärte seine Mutter.

"Okay !" Sagte Bholu. Er war überzeugt. Er war froh zu wissen, dass es noch einige Chancen für die Erfüllung seines Wunsches gab.

Gott war sehr freundlich zu Bholu gewesen. Er musste nicht lange warten. Eines Tages, als Bholu eine Chance hatte, reisten wir weiter. Er war mit seinen Eltern mit dem Bus unterwegs, um das Dorf seiner Großeltern zu besuchen. Der Bus fuhr an der Seite eines Dschungels vorbei. Der Himmel war bewölkt. Bholu hatte am Morgen schweigend zu Gott gebetet, um seinen Wunsch zu erfüllen.

Bholu nahm wie gewohnt einen Fensterplatz ein. Er genoss die Aussicht nach draußen. Plötzlich rief er vor Freude. Er hatte gerade einen Pfau vor dem Fenster tanzen sehen. Er traute seinen Augen nicht.

"Was ist passiert, Sohn?"

»Mama! Papa ! Ich habe gerade einen schönen Pfau gesehen! Es war da !" Bholu zeigte in die gleiche Richtung, in der sich der Pfau befand.

draußen durch das Fenster. Aber sie konnten es nicht erkennen, da der Bus vorausgefahren war. Dann liebte er während seiner gesamten Reise viele weitere Pfauen, die hier und da herumstreiften.

Bholu war begeistert. Sein lang gehegter Wunsch war endlich in Erfüllung gegangen. Er dankte Gott dafür, dass er auf seine Gebete gehört und diese positiv beantwortet hatte.

Ein schlechter Handwerker streitet mit seinen Werkzeugen

Eines Tages ging Bholu zur Schule. Er saß in seiner Klasse. Der Hindi-Kurs war im Gange. Der Lehrer unterrichtete. Sie sagte: "Kinder, heute werde ich euch Redewendungen und Redewendungen beibringen."

Alle Kinder wurden etwas aufmerksamer. Es war ein neues Thema für sie. Einige Redewendungen machten für Bholu Sinn, andere nicht. Er dachte: „In Ordnung. Ich werde heute zu Hause Idiome lernen. Ich werde Mama bitten, mir in dieser Hinsicht zu helfen."

Auf dem Weg zurück nach Hause dachte Bholu weiter über Kapitel der Redewendungen nach. Als er nach Hause kam, fand er seine Mutter auf dem Bett liegend, als sie starke Schmerzen in ihrem Kopf hatte.

Besorgt fragte Bholu sie: "Mama, hast du etwas Medizin genommen?" Als Bholu ihr „Nein" hörte, brachte er seiner Mutter Medizin und Wasser. Sie nahm die Medizin und legte sich wieder hin. Dann ging Bholu in die Küche, um etwas Essbares zu finden. Seine Mutter rief ihn an und wies ihn an, sich mit Brot, Butter, Gurke, Tomaten und Soße ein Sandwich zu machen. Bholu begann, das Sandwich zu machen.

"Es war etwa eine halbe Stunde, als Bholu die Küche betreten hatte." Seine Mutter, neugierig auf die Verspätung, dachte: „Was macht er da bisher ? Braucht es viel Zeit, um ein Sandwich zu machen?" Sie stand auf und ging in die Küche, um zu sehen, was los war. Sie spürte damals eine gewisse Erleichterung bei ihren Kopfschmerzen.

Zu ihrer Überraschung fand sie heraus, dass Bholu Schwierigkeiten hatte, die Gurke zu schneiden. Sie bat ihn um das Messer und die

Gurke und sagte: "Bring es her, Bholu. Ich schneide dir schnell die Gurke zu.«

Bholu antwortete: "Mama, dieses Messer ist zu stumpf. Ich habe lange versucht, die Gurke zu schneiden, konnte es aber nicht schaffen."

Ohne ein einziges Wort als Antwort zu sagen, schnitt Mama die Gurke schnell mit demselben Messer. Bholu schämte sich und fing an zu murmeln. Seine Mutter sagte: "Bholu, ein schlechter Arbeiter streitet sich mit seinen Werkzeugen. Da du die Gurke nicht schneiden konntest, gabst du dem Messer die Schuld. Schau, das Messer funktioniert perfekt." Während sie dies sagte, sah sie Bholu mit einem neugierigen Blick an. Bholu begann seitwärts zu gucken. Er war insgeheim glücklich und konnte seine Freude nicht zurückhalten und begann zu tanzen. Er dachte: „Ich habe gerade darüber nachgedacht, mit Mama Idiome zu lernen, als Mama mir im Laufe unseres Gesprächs eine der Idiome erklärte. Jetzt ist es mir klar. Ich habe ihr nicht einmal davon erzählt. Sie wusste es selbst. . Wow! Meine Mutter ist ein Genie. Mein Lehrer hatte im Unterricht die gleiche Sprache gelehrt."

Seine Mutter machte schnell ein Sandwich für Bholu und servierte es ihm. Er hat es genossen, es zu essen. In der Zwischenzeit bereitete sie auch einen Milchshake für ihn vor. Er schluckte den gesamten Milchshake in großen Schlucken hinunter. Dann kamen sie aus der Küche und betraten das Zimmer. Dann erinnerte sich Bholu noch einmal daran, dass seine Mutter vor ein paar Augenblicken Kopfschmerzen hatte.

Er fragte: "Mama, wie fühlst du dich jetzt?"

Sie antwortete: "Besser als zuvor." Sie reichte Bholu das leere Glas und sagte: "Bitte Bholu, geh und bewahre es in der Küche auf."

Bholu streckte die Hand aus, aber seine Aufmerksamkeit war woanders; das Glas fiel und zerbrach auf dem Boden. Bholu war verblüfft.

"Sohn, warum hast du das Glas nicht richtig gehalten?" Fragte Mama.

Bholu, der sich schuldig fühlte, antwortete: "Mama, du hast es fallen lassen, bevor ich es halten konnte." Er versuchte, seinen Fehler zu rechtfertigen.

Seine Mutter sah ihn wütend an und sagte: "Bholu, jetzt wird das Sprichwort" der Topf, der den Wasserkocher schwarz nennt "wahr. Du konntest das Glas nicht fangen, und du sagst, ich hätte es fallen lassen."

Bholu begann sich am Kopf zu kratzen und versuchte, die Bedeutung von "dem Topf, der den Wasserkocher schwarz nennt" zu verstehen. Seine Mutter stand vom Bett auf und holte die zerbrochenen Stücke des zerbrochenen Glases vom Boden.

Wissenschaftsausstellung

Einmal in Bholus Schule, sollte eine Wissenschaftsausstellung organisiert werden. Sein Naturwissenschaftslehrer verkündete in der Klasse: „Schüler, jeder von euch muss ein naturwissenschaftliches Modell oder Projekt erstellen. Die Schule wird nach vier Tagen eine Wissenschaftsausstellung organisieren. Ihr alle müsst ein funktionierendes Modell oder Projekt mitbringen, um es mir innerhalb von zwei Tagen zu zeigen."

Bholu begann sich überwältigt zu fühlen. Er dachte, dass immer ein neues Problem auftaucht, dem er sich nicht stellen will. Trotzdem musste er sich damit auseinandersetzen. Er dachte: "Dieses Modell, ich weiß nicht, was ich machen soll und wie ?" Er bat einen Kommilitonen um Rat, aber selbst das andere Kind schien ratlos. Bholu bemerkte, dass die gesamte Klasse damit beschäftigt war, zu diskutieren, und einige Schüler umgaben den Lehrer und diskutierten Ideen. Als der Schultag zu Ende war, kam Bholu nach Hause zurück. Er ging direkt zu seiner Mutter und sagte: "Mama, Mama, es wird eine

Wissenschaftsausstellung in unserer Schule geben. Das hat uns unser Naturwissenschaftslehrer gesagt. Wirst du mir helfen?"

»Natürlich werde ich das. Sag mir zuerst, was du machen willst."

»Ich weiß es nicht. Geben Sie mir eine Idee für ein funktionierendes Modell. Das hat mein Lehrer gesagt."

"In Ordnung. Ich gebe dir ein Buch. Lies es und wähle, was du willst." Mit diesen Worten öffnete Mama das Bücherregal und holte ein Buch über wissenschaftliche Projekte heraus. Bholu war sehr froh, es zu haben. Er begann es eifrig zu lesen. Es ist wahr, dass jede schwierige

Aufgabe einfach wird, wenn sie einmal entschieden ist. Planung, echtes Engagement, harte Arbeit und Enthusiasmus sind die Hilfsmittel. Er las weiter, aber nichts schien einen Sinn zu ergeben. Was auch immer für Projekte er las, schien zu schwierig zu sein. Er hatte das Gefühl, dass er nicht in der Lage sein würde, einen von ihnen zu machen. Plötzlich erreichten Bholus Augen eine Seite, auf der er die ganze Beschreibung eines Aufzugs (Aufzug) fand. Er hatte die Antworten auf alle seine Fragen gefunden.

Bholu ging zu seiner Mutter und sagte ihr, dass er ein Modell eines Aufzugs bauen werde. Bholus Mutter, die Ingenieurin war, freute sich, seine Wahl zu hören. Gemeinsam sammelten sie alle notwendigen Materialien für das Modell - ein großes Holzbrett, einige Nägel, Fäden und einige Riemenscheiben. Mit Hilfe dieser Materialien erstellten Bholu und seine Mutter ein Modell eines Aufzugs. Dann erinnerte sich Bholu, dass er einmal ein Puppenset als Geburtstagsgeschenk erhalten hatte.

"Warum verwandelst du sie nicht in Passagiere, die im Aufzug auf und ab gehen? Wow! Was für eine fantastische Idee!"

Als das Modell des Aufzugs fertig war, funktionierte es tatsächlich. Es demonstrierte die Funktionsweise eines Aufzugs. Bholu war sehr glücklich. Er dankte seiner Mutter von ganzem Herzen dafür, dass sie ihm immer eine helfende Hand war. Bholu schrieb eine detaillierte Beschreibung, um die Funktionsweise seines Aufzugs zu erklären.

Als die Wissenschaftsausstellung stattfand, war die Szene erstaunlich und einzigartig. Alle Kinder hatten verschiedene Projekte/Modelle mitgebracht. Ein Student machte eine Glocke, um Diebe zu fangen, ein anderer demonstrierte den Mechanismus eines Vulkanausbruchs. Einer von ihnen griff das Thema Umweltverschmutzung auf, während ein anderer einen Klon von einem Schaf herstellte. Es gab auch viele andere Projekte. Auch Bholu präsentierte sein Liftmodell auf der Ausstellung in seiner bestmöglichen Art und Weise. Als er an der Reihe war zu präsentieren, erläuterte er ausführlich die Funktionsweise seines Aufzugssystems.

Dies war eine Miniaturversion des Aufzugs, der als Alternative zu Treppen in den Gebäuden verwendet wurde. Alle Lehrer und der Schulleiter lobten Bholus Intelligenz und Handwerkskunst.

Bholus bunter Regenbogen

Eines Tages schlief Bholu am Nachmittag ein. Er hatte keine Ahnung, wie viel Zeit im Schlaf vergangen war. Als er aufwachte, war die Sonne bereits untergegangen und der Abend kam. Sobald er aufwachte, ging er in den Gemüsegarten seines Hauses. Dort gab es viele Obstbäume, Blumen und Gemüsepflanzen. Bholu genoss es, Zeit im Garten zu verbringen. Aber an diesem Tag sahen das Grün und die Farben etwas anders aus als üblich. Alle Pflanzen schienen Bholu anzulächeln. Die Blätter aller Pflanzen sahen glänzend aus und die Blumen blühten vor Freude. Die Sonnenblumenblüten schwankten kräftig, als ob sie ihn willkommen hießen.

"Hey ! Ist heute etwas Besonderes?" Bholu dachte bei sich.

Plötzlich wurden Bholus Augen ohne ersichtlichen Grund zum Himmel gezogen.

„Mutter ! Mutter ! Komm bald. Schau, da ist ein Regenbogen am Himmel. Mama, komm schnell her!" Bholu konnte das Glück nicht fassen. So einen schönen Regenbogen hatte er noch nie gesehen. Seine Freude zeigte sich deutlich in seiner Stimme. Seine Mutter, die Bholus Stimme aus dem Haus hörte, suchte nach ihm und kam nach draußen.

"Was ist passiert, Bholu?"

"Mama ! Schau da oben, der Regenbogen." Bholu zeigte aufgeregt in den Himmel.

"Oh wow !" Auch seine Mutter schaute freudig zum Himmel auf.

"Mama ! Es ist so schön. Warum erscheint der Regenbogen nicht jeden Tag ?" Fragte Bholu unschuldig.

"Sohn, der Regenbogen bildet sich unter bestimmten Bedingungen, nachdem der Regen aufgehört hat. Dann ist es am Himmel sichtbar. Komm, Bholu, lass uns da sitzen und mehr darüber reden."
Sie saßen auf einer Bank im Garten. Seine Mutter erklärte: „Weißes Licht besteht aus sieben Farben. Obwohl es unter normalen Bedingungen weiß erscheint, teilt es sich unter besonderen Umständen in sieben Farben auf. Dies erscheint als ein Band von sieben Farben in einem bestimmten Muster. Es sieht wirklich schön aus und heißt

Rainbow. Sie können ein solches Farbmuster auch in Ihrem Physiklabor mit Hilfe eines Prismas sehen. Ihr Lehrer kann Ihnen dabei helfen."

"Mama, ich verstehe nicht. Welches Prisma am Himmel teilt das Licht in sieben Farben ?" Fragte Bholu mit großer Unschuld.

"Bholu, du hast heute eine sehr intelligente Frage gestellt. Hören Sie, wenn es über einen längeren Zeitraum stark regnet, bildet sich eine Wasserschicht in der Atmosphäre. Auch wenn der Regen aufhört und die Sonne wieder sichtbar wird, bleibt diese Schicht für einige Zeit bestehen. Diese Schicht aus Wassertröpfchen wirkt wie ein Prisma. Wenn das Sonnenlicht hindurchgeht, wird es gebrochen und in einer bestimmten Reihenfolge in sieben Farben aufgeteilt, wodurch ein schöner und bezaubernder Regenbogen am Himmel entsteht."

Bholu fand die Informationen seiner Mutter wirklich faszinierend. An einem sonnigen Tag, als er seine Hausaufgaben mit einem Reynolds-Stift in der Hand im Hof machte, sah er ein ähnliches Muster aus sieben Farben, das genau dem Regenbogen ähnelte, den er zuvor am Himmel gesehen hatte. Er war entzückt und dachte nach.

"Träume ich? Ist es nicht ein kleiner Regenbogen hier auf meinem Notizbuch ? Was hat es möglich gemacht, sich hier zu formen?"

Seine Aufmerksamkeit richtete sich dann auf seinen Reynolds-Stift, den er in der Hand hielt.

»Okay. Jetzt verstehe ich. Der transparente Körper dieses Reynolds-Stifts ist wie ein Prisma geworden. Hier hat sich das weiße Licht der vorbeiziehenden Sonne in sieben Farben aufgeteilt. Deshalb kann ich ein kleines regenbogenartiges Muster auf meiner Kopie sehen. Ja, es ist ein kleiner Regenbogen." Bholus kleiner schöner Regenbogen. Als er das dachte, konnte sich Bholu nicht zurückhalten. Bholu spielt weiterhin mit seinem kleinen bunten Regenbogenmuster und hat es sehr genossen. Dann rannte er weg, um seiner Mutter seine neuen wissenschaftlichen Erfahrungen zu erzählen.

Der Eisverkäufer

Es ist Sommer. Vor dem Schultor von Bholu steht jeden Tag ein Eisverkäufer. Bholu sieht ihn täglich. Bholu hat das Gefühl, Geld aus der Tasche zu ziehen und schnell sein Lieblingseis zu kaufen. Aber er hat nie Geld in der Tasche. Viele Kinder aus Bholus Schule kaufen jeden Tag Eis vom Verkäufer. Bholu gefällt das alles. Auch er liebt Eiscreme. Als er sie täglich das Eis genießen sieht, fühlt er sich noch mehr nach Eiscreme.

Eines Tages, als Bholu seine Klassenkameraden dort Eis essen sah, konnte er seine Tränen nicht zurückhalten. Plötzlich wurde ihm klar, dass er noch ärmer ist als Rachit. Obwohl es in Wirklichkeit nicht stimmt. Bholus Eltern haben viel Geld. Sie leben in einem großen Haus und haben alles, was reiche Leute haben. Trotzdem fühlt sich Bholu manchmal wie ein armer Kerl.

"Bholu hat kein eigenes Geld. Er kann von seinen Eltern Geld für einen echten Zweck verlangen. Aber für Eis hat er kein Geld." Er denkt manchmal nach. "Wie bekommen diese Kinder Geld, um alles zu kaufen und zu essen, was sie wollen ? Er bekommt nie die Antwort auf diese Frage.

Eines Tages versuchte Bholu, mit Shivansh, einem seiner Klassenkameraden, zu sprechen. Er erzählte ihm die Dinge, die ihn beunruhigten. Shivansh sagte ihm, dass er sein eigenes Geld, genannt Taschengeld, besitze. Bholu wusste nicht einmal, was Taschengeld bedeutet. Er dachte, dass sich das Taschengeld auf das in der Tasche aufbewahrte Geld bezog. Aber Shivansh sagte ihm, dass er regelmäßig etwas Geld von seinem Vater bekommt, das heißt, das Taschengeld. Bholu war ein bisschen eifersüchtig auf Shivansh.

An diesem Tag, als Bholu sah, wie Rachit Eis aß, hatte er auch Lust auf Eis. Plötzlich kam Bholu ein Gedanke in den Sinn, und er begann zu lächeln. Er entschied, dass er auf jeden Fall den Geschmack von Eis genießen wird; vom selben Eisverkäufer, der regelmäßig vor dem Schultor steht.

Am nächsten Tag, als die Schule vorbei war, ging Bholu mit großem Stolz zum Eisverkäufer und holte eine Zwanzig-Rupien-Münze aus seiner Tasche. Er ging auf den Eisverkäufer zu und sagte: "Bruder, bitte gib mir ein Eis."

„Welchen Geschmack hätten Sie gerne?" Fragte der Ladenbesitzer und sah Bholu an.

"Diese Mango-Bar?" Bholu zeigte mit dem Finger auf ein Bild auf dem Stand. Der Eisverkäufer gab ihm eine Mango-Bar. Bholu genoss sein Eis glücklich. Danach holte Bholu gemächlich ein Taschentuch aus der Tasche, wischte sich Mund und Hände ab und bestieg bequem den Schulbus.

Bholu saß eine Weile im Bus und spürte den Geschmack und die Freude des leckeren Eises. Nach einiger Zeit verschwand die Freude und es entstand ein Schuldgefühl. Er begann zu denken, dass er aufgrund seiner Sturheit seinen Wunsch erfüllte, Eiscreme zu essen, wie er es sich wünschte. Aber er musste dafür Geld aus der Handtasche seiner Mutter stehlen, und das machte ihn traurig.

"Ich wünschte, ich hätte Eiscreme genießen können, ohne aus Mamas Handtasche zu stehlen. Ja, das wäre richtig gewesen. Ich habe heute zum ersten Mal etwas Falsches getan. Deshalb fühle ich mich nicht gut. Stehlen ist nicht gut. Mein Lehrer hat es mir gesagt. Schon damals habe ich einen Betrag von zwanzig Rupien gestohlen. Das muss ich nicht getan haben." Bholu blieb lange in diesem Schuldgefühl.

Bholu erlebte jetzt wirklich Reue für seine falschen Handlungen. Er beschloss, dass er in Zukunft niemals eine so falsche Tätigkeit ausüben würde, für das, was er später bereuen würde. Wenn er Eis essen möchte, wird er versuchen, seine Mutter und seinen Vater davon zu überzeugen, indem er auf sich allein gestellt besteht. Sobald Bholu diesen Entschluss fasste, fühlte er einen tiefen inneren Frieden. Der Bus hielt in der Nähe seines Hauses. Bholu stieg aus und ging mit einem anderen Vorsatz auf sein Haus zu – um seiner Mutter von den gestohlenen zwanzig Rupien aus ihrer Handtasche zu erzählen und ihn um Vergebung zu bitten. Bholu war mit seiner Entscheidung sehr zufrieden.

Bholus besonderes Geburtstagsgeschenk

Bholu hatte zwanzig Rupien aus der Handtasche seiner Mutter gestohlen. Auf diese Weise hatte er sich seinen sehnlichen Wunsch, Eis zu essen, erfüllt. Man sagt, wer sich morgens verirrt, kann nicht als

Verlierer bezeichnet werden, wenn er abends den Weg nach Hause findet. Auch Bholu hatte ein Gefühl der Reue, nachdem er zwanzig Rupien gestohlen hatte. Er hatte beschlossen, in Zukunft nie mehr zu stehlen. Er hatte keine allzu große Angst, dass seine Mutter ihn beschimpfen würde, wenn sie von dem fehlenden Betrag erfahren würde. Er beschloss, seinen Fehler zuzugeben und sich bei seiner Mutter zu entschuldigen, ohne sich Gedanken darüber zu machen, welche Strafe er erhalten wird. Auf der anderen Seite schenkte Bholus Mutter dem zu Hause nicht viel Aufmerksamkeit. An diesem Abend, als sie etwas Kleingeld aus ihrer Handtasche brauchte, hatte sie das Gefühl, dass dort einige Münzen vorhanden sein mussten. Sie hatte einen Gedanken im Kopf, warum nicht Bholu fragen, ob er etwas Geld für eine Sache genommen hatte. Bholu dachte bereits daran, seiner Mutter alles zu erzählen. Er tat dies, ohne Zeit zu verschwenden. Er gab seinen Fehler zu und sagte ihr, dass er zwanzig Rupien aus ihrer Handtasche genommen habe, um ein Eis zu kaufen. Bholus Mutter schimpfte nicht mit ihm. Aber sie war eine Weile schockiert.

"Oh meine Liebe ! Du musst mir von deinem Wunsch erzählt haben." Sagte sie. Dennoch war sie zufrieden, dass sich ihr Sohn für seinen Fehler entschuldigt hatte.

Sie sagte zu Bholu: „Bholu, hab keine Angst, mir zu sagen, ob du in Zukunft welche willst. Wenn Sie es wirklich brauchen oder wünschen, können Sie mich auch überzeugen, dem zuzustimmen."

Danach bereitete Bholus Mutter zusammen mit Bholu zu Hause Eis zu. Sie hatten einen Leckerbissen zusammen.

Für Bholus Mutter war dies jedoch keine Kleinigkeit. Sie konnte es nicht leicht vergessen und wollte es auch nicht vergessen. Bholu war ihr einziger Sohn. Sie wollte keine Mängel in seiner Erziehung hinterlassen. Wie alle Eltern wollte sie nicht, dass ihr Bholu ein Dieb wurde. Sie schauderte bei dem Gedanken daran. Die Wurzeln jedes Fehlverhaltens greifen, wenn sie von Anfang an ignoriert werden, besonders wenn es unbemerkt bleibt. Dann beschloss sie, mit Bholus Vater über diese Angelegenheit zu sprechen.

Ein paar Tage später näherte sich Bholus Geburtstag. Bholus Mutter und Vater planten, ihm ein Überraschungsgeschenk zu machen. Sie wussten, dass ihr Sohn Bholu ein bisschen schelmisch, aber auch intelligent war. Er war auch gehorsam. Als ihm von den Vor- und Nachteilen von allem erzählt wurde, war er in der Lage, die Dinge so zu verstehen, wie sie waren. Sie beschlossen, Bholu an seinem Geburtstag ein Taschengeld zu schenken. Sie sagten ihm: "Bholu, ab jetzt bekommst du jeden Monat ein kleines Taschengeld, das du weise ausgeben oder sparen kannst." Bholu hat das besondere Überraschungsgeschenk zu seinem Geburtstag sehr gut gefallen.

Bholu berührte die Füße seiner Mutter und seines Vaters und empfing ihren Segen. Er bedankte sich auch für dieses besondere Geburtstagsgeschenk. Danach beschloss Bholu, ein

verantwortungsbewusster und vernünftiger Junge zu werden. Was auch immer er an Taschengeld erhielt, er steckte das meiste davon in sein Sparschwein. Wann immer er etwas brauchte, hätte es weise getan. Eines Tages, als er sein Sparschwein öffnete, war er überrascht, einen so großen Betrag zu sehen, den er gesammelt hatte. Er war ziemlich glücklich. Er erzählte seiner Mutter davon und fragte: "Kann ich meine Ersparnisse ausgeben?"

Seine Mutter gab ihm die Erlaubnis, das Geld auszugeben. Dann ging er auf den Markt, um eine Reihe neuer Lautsprecher für seinen Computer zu kaufen.

Shivalik

Die Puppe und der Teddybär

An der Nanhe Gaon Road nach Kalpanagar befindet sich ein sehr großes Haus. Die Pracht des Gebäudes zeigt sich auf den ersten Blick. Die Nanhe Gaon Road ist eine Hauptstraße, die ziemlich belebt bleibt. Wenn Sie jemals dorthin gehen, werden die Sternlichter dieses

prächtigen Gebäudes Ihre

Aufmerksamkeit von der Straße selbst auf sich ziehen. Vielleicht haben Sie das Gefühl, dass sich Diwali nähert. In diesem prächtigen Gebäude befindet sich eine glückliche vierköpfige Familie. Die Menschen, die dort leben, sind Shivalik, seine Schwester Rashmi, seine Mutter und sein Vater. Shivalik ist ein kleiner Junge von etwa sechs Jahren. Rashmi, Shivaliks Schwester, ist etwa drei Jahre alt. Mama und Papa sind in den Dreißigern.

Shivalik und Rashmi sind Geschwister. Shivalik geht zur Schule und Rashmi, die jünger ist, bleibt zu Hause. Ihre frühe Ausbildung hat sie auch zu Hause. Beide Geschwister sind ziemlich intelligent und lebhaft. Shivalik teilt all die interessanten Dinge, die er in der Schule lernt, mit allen zu Hause. Mama hört zu und Rashmi auch. Mama bringt Rashmi ein wenig bei. Rashmi hat bereits viele kleine Gedichte gelernt und verbringt den ganzen Tag damit, diejenigen zu rezitieren, die im Haus herumwandern. Sie kreiert und vermasselt auch gerne Dinge auf Papier mit bunten Bleistiften. Zeichnen von Linien, die ein Durcheinander auf dem Papier verursachen. Sie mag solche Aktivitäten, die voller Unfug und auch unterhaltsam sind. Beide Kinder spielen ziemlich oft zusammen.

Oh ja, ich habe euch die Puppen im Puppenmuseum noch nicht vorgestellt. Beginnen wir von außen nach innen. Es gibt viele Zimmer im Haus und eine große Rasenfläche. Es gibt viele Pflanzen auf dem Rasen. Im Inneren des Hauses befindet sich ein großer Salon mit

Möbeln, einem Fernseher und zwei Kleiderschränken. Sie haben Glastüren, man kann sie auch Vitrinen nennen. Ich bezeichne sie als das Puppenmuseum. Und warum tue ich das ? Hier gibt es viele Spielsachen und Dekoartikel. Es gibt kleine Autos, die von altmodisch bis modern reichen. Es gibt Spielzeugelefanten, Pferde, einige Soldaten und sogar Roboter. Hinzu kommen ein schöner Teddybär Bhanu und eine schöne Puppe Sara.

Wenn jemand den Raum betritt, lächelt der Teddybär und begrüßt alle. Die Puppe schläft die ganze Zeit und öffnet selten die Augen. Sowohl der Teddybär als auch die Puppe in den Vitrinen sind an den Wänden einander zugewandt. Deshalb schaut der Teddybär immer auf die Puppe und wartet darauf, dass sie aufwacht. Auf diese Weise hat er sich in die Puppe verliebt und beginnt, sie als seine eigene zu betrachten. Manchmal, wenn Rashmi ihre Puppe aus dem Schrank nimmt, um mit ihr zu spielen, mag es der Teddybär sehr.

Heute ist Bhanu sehr traurig. Als Bhanu aufwachte, schlief Sara noch. "Ist es in Ordnung ? Sie schläft den ganzen Tag, als hätte sie keine Arbeit. Warum wacht sie nicht pünktlich auf wie ich ? Selbst wenn sie aufwacht, macht sie entweder ein Nickerchen oder schaut sich hier und da um. Manchmal sieht sie mich aus Versehen. Und ich ? Ich habe den ganzen Tag damit verbracht, sie nur anzustarren." Bhanu sitzt immer da und denkt nach.

„Und was kann ich überhaupt tun? Wenn es keine andere Arbeit für mich gibt. Und sie hat sich im Frontschrank verkleidet. Nun, wie kann ich meine Augen schließen, wenn sie direkt vor mir ist? Um ehrlich zu sein, habe ich Lust, mit dieser Puppe zu spielen. Sie wirkt wie meine eigene Puppe. Kann mir jemand sagen, was ich tun soll?" Bhanu sinniert. Die arme Kreatur Bhanu, ein Opfer des Schicksals, kannnichts tun.

Eines Tages hörte Bhanu Shivalik lesen: "Tu deine Pflicht, begehre nicht das Ergebnis." Das brachte ihn zum Nachdenken, was nützt es, einfach nur zu sitzen und nachzudenken ? Etwas Bewegung ist erforderlich. Also versuchte er sich ein wenig zu bewegen, und bei diesem Versuch schlug er versehentlich sein Spielzeug in der Nähe nieder. Der Roboter starrte ihn an, und die Autos machten Geräusche und versuchten, ihn zu erschrecken. Dann setzte er sich ruhig hin, völlig gelassen.

Dann begann er sich zu erinnern. Er erinnerte sich an den Tag, an dem Shivalik diesen großen Showroom besuchte, in dem Bhanu vorhin wohnte. Ihn zu sehen, wie aufgeregt er war ? Dann bestand er darauf, den Teddybären zu kaufen, also mich. Weinend setzte er sich auf den Boden dieses Ausstellungsraums. An diesem Tag erkannte Bhanu zum ersten Mal seine Schönheit.

»Und warum nicht? Intelligente Kinder wie Shivalik sind nicht ohne Grund begeistert. Ich muss etwas Besonderes an mir haben." In diesem Sinne fühlte sich Bhanu stolz und versuchte sich zu bewegen und versuchte, in Shivaliks Schoß zu fallen. Bevor er das tat, kam eine Hand auf Bhanu zu, um ihn hochzuheben. Vielleicht war es die Hand des Ladenbesitzers. Nach einer Weile konnte er nichts mehr sehen. Vielleicht war er schon eingepackt. Irgendwann bekam er Angst. Er dachte, er sei gestorben. Er hatte gehört, dass die Welt untergeht, wenn Menschen sterben. Er wusste auch, dass jeder einmal im Leben sterben muss. Schon damals schloss er die Augen und betete zu Gott, dass dies unwahr sei. Als er die Augen öffnete, fand er sich in einem neuen Zuhause wieder. Es war wie ein neuer Tag für ihn.

"Oh, was ist das? Ist das ein neuer Ort, wohin ich gekommen bin?" Er stellte sich in Frage, als er Shivalik vor sich stehen sah. Nach einiger Zeit erfuhr er, dass dies ein Haus dieser Leute war. „Gott hatte mein Gebet erhört. Ich werde hier bei diesen schönen Kindern bleiben. Das war nur ein Laden, nicht zu Hause. Es war auch ziemlich überfüllt." Shivaliks Mutter hatte ihn vom Ladenbesitzer für Shivalik gekauft. Als Bhanu darüber nachdachte, begann er sich selbst zu bestaunen.

Bhanus lange Nase

„Heute herrscht seit dem frühen Morgen viel Aufregung im Haus. Was ist los? Überall herrscht eine fröhliche Atmosphäre. Ich möchte schnell herausfinden, was los ist." Bhanu saß vor Saras Vitrine, in Gedanken versunken. Und was könnte dieser pummelige Teddybär sonst noch tun ? Es schien, als wäre zu viel Denken zu seiner Gewohnheit geworden.

Gleich nebenan war ein Roboter. Bhanu hatte manchmal das Gefühl, in der Gesellschaft dieses Roboters wie ein Robotergeist zu denken. Er erinnerte sich an den Tag, an dem er von Shivalik in einer geschlossenen Schachtel in dieses Haus gebracht wurde. Zu dieser Zeit war er kein tiefer Denker.

Obwohl er nicht gerne zu viel nachdenkt und absolut nicht über unnötige Dinge nachdenkt. Er spielt und spricht am liebsten.

Nun sind diese beiden Probleme langsam in sein Leben eingetreten. Natürlich ! Mit wem spielen und reden...? All diese Spielzeuge sind ziemlich arrogant. Dieser Roboter, wer weiß, was er von sich denkt? Dieser Soldat und diese Kleinwagen ! Alle halten sich für real. Sie denken, dass der Roboter echte Arbeit leistet, der Soldat, der echte Kampf und die Autos, die auf den echten Straßen fahren. Manchmal, wenn sie sprechen, gibt es einen Gestank. Ihre herablassende Haltung riecht nach Arroganz. Und der arme Bhanu...! er war so ein unschuldiger Teddy, wie die unschuldige Puppe, keine Täuschung, keine zusätzliche Show. Und er weiß, dass er nicht weniger ist als jeder andere. Deshalb versucht er, innerhalb kurzer Zeit jedes schlechte Verhalten von irgendjemandem zu vergessen. Warum sollte man sich daran erinnern? Es scheint ziemlich langweilig zu sein. Schließlich ist seine einzige Unterstützung Sara. Er schaut sie weiter an. Direkt vor ihm sitzt eine schöne Puppe in dieser Glasvitrine. Manchmal scheint sie zu schlafen, und manchmal sieht sie aus, als würde sie lächeln. Manchmal wird Bhanu verwirrt und fühlt sich, als würde sie erröten, indem sie ihn immer wieder ansieht.

Manchmal hat Bhanu das Gefühl, sich in Sara zu verlieben. Dann fragt er sich, ob Sara ihn auch wieder liebt oder nicht. Nun, lohnt es sich überhaupt, darüber nachzudenken? Es ist eine ziemlich einfache Tatsache, dass, wenn sie den ganzen Tag zusammen sind, es Liebe zwischen ihnen geben muss. Und jemand muss verrückt sein, wenn man, nachdem man den ganzen Tag mit jemandem verbracht hat, keine Liebe für diesen Kerl empfindet. Es ist sehr schwierig, Liebe zu definieren oder darüber zu erklären. Wenn man nur über diese Dinge nachdenkt, scheint es, dass es keine genaue Antwort gibt.

Bhanu begann nun zu warten und zu beten: „O Sara ! Du wachst bald auf. Damit wir zusammen spielen können."

Sie ist endlich aufgewacht. Spät morgens aufzuwachen ist ihre Gewohnheit. Da sie eine Puppe ist, wird sie wahrscheinlich den ganzen Tag sitzend müde. Im Gegenteil, Bhanu ist ein ziemlich aktiver Typ. Er mag ein bisschen pummelig sein, aber er bewegt sich ein wenig und versucht, die Vibrationen in der Umgebung zu spüren, um herauszufinden, was in der Nähe passiert. Wer betritt das Haus ? Was wird in der Küche gekocht? Und vieles mehr. Heute Morgen hat er gehört, dass die Kinder sehr gerne zur Schule gehen. Rashmi begleitete auch mit ihrer Mutter zur Schule ihres Bruders. Jetzt ist es Mittag. Der Geruch von leckerem Essen tränt seinen Mund. Bhanu dachte, wenn er ein Mensch wäre, würde er auch eine Vielzahl von Gerichten genießen. Aber Spielzeug ist nur Spielzeug. Sie können das leckere Essen nicht schmecken. Sie können nur fühlen. Sie fühlen sich auch gut, wenn sie sehen, dass die Kinder gerne leckere Gerichte essen.

»Sara! Sara! Hört mir zu!" Bhanu murmelte. Die Stimme war nicht zu laut, um sie zu erreichen, selbst dann fühlte er, wie sie seine Stimme gehört hatte. Sara schaute auf ihn und lächelte.

»Sara ! Sara ! Hör zu. Weißt du, warum es heute hier zu Hause so viel Aufregung gibt ? Schau, es gibt leckeres Essen, das in der Küche zubereitet wird. Möchtest du diese probieren?" Bhanu war begierig darauf, etwas von ihr zu hören.

Hat Sara geantwortet ? Sie war auch nur eine Puppe, eine schöne kleine Puppe. Sie sagt weder Ja noch Nein. Langsam drehte sie den Kopf und sah in die andere Richtung. Bhanu hatte das Gefühl, als würde sie sagen: "Du gehst voran und isst. Ich werde nicht essen."

Rashmis Geburtstagsfeier

Es ist 5 Uhr abends. Der Trubel hat in der Wohnung begonnen. Eigentlich hat die Mutter tagsüber viele Vorbereitungen für Rashmis Geburtstagsfeier getroffen. Rashmis Geburtstag fällt in den Monat Juni. Da das Wetter in diesen Tagen heiß ist, plante Mama die Party auf dem offenen Rasen des Hauses. Warum immer eine Klimaanlage verwenden, wenn wir die offene, natürliche Luft um uns herum haben. Und der Plan hat funktioniert. Der gesamte Rasen war mit bunten Lichtern, Luftschlangen und Luftballons geschmückt. Oben war ein weißes Mondlicht am Himmel. Auf der anderen Seite lag üppig grünes Gras auf dem Boden. Rund um den Rasen gab es Pflanzen mit Blumen, und sogar sie waren mit dekorativen Lichtern geschmückt. Dort wurde eine Bühne aufgebaut. Auf einer Seite des Rasens wurden die Tische für das Abendessen arrangiert. Dort wurden auch Sitze für Gäste platziert und alles war wunderschön eingerichtet.

Es war fast sechs Uhr. Die Ankunft der Gäste hatte begonnen. In unserer indischen Kultur gibt es eine Bestimmung, Geburtstage mit Anbetung, Gebet und Ritualen wie Havan und Yajna zu feiern. Für das Glück der kleinen Kinder ändern die Indianer jedoch manchmal die Form der Feierlichkeiten. In dieser Angelegenheit bringen sie das Gefühl der globalen Brüderlichkeit in jede ihrer Aktivitäten ein. Wie wunderbar wäre es, wenn jede Nation der Welt, unabhängig von Kaste oder Religion, alle positiven Aspekte des anderen mit einem offenen Herzen annehmen und niemals zögern würde, negative Aspekte loszulassen, ob sie nun persönlich sind oder nicht. Um ehrlich zu sein, ist es ein Naturgesetz, Veränderungen anzunehmen. Wann und wie viel, hängt vom persönlichen Ermessen einer Person ab.

Die Leute im Haus bewegten sich. Shivalik ging zum Haus seines Freundes Rahul und rief mit ihm alle anderen Kinder in der Nachbarschaft an. Alle Kinder machten sich bereits bereit. Sie schlossen sich schnell Shivalik und Rahul an. Pinky, Radha und Bhawna sind angekommen. Golu ist auch dort anwesend.

Das Haus von Shivaliks Onkel befindet sich ebenfalls in der gleichen Stadt in einiger Entfernung. Man sieht sie auch kommen, um an der Veranstaltung teilzunehmen. Rashmi trägt ein wunderschönes rosa Kleid mit weißer Rüsche, dazu passende Schuhe, Socken und eine Mütze. Sie sieht so schon aus, genau wie eine Fee vom Himmel.

In Ordnung, alle Gäste sind angekommen. Rashmis Mama und Papa hießen die Gäste herzlich willkommen. Sie fingen an, allen Getränke zu servieren. In diesem Moment machte der Anker eine Ankündigung, die jeder hörte. Das Publikum versammelte sich in der Nähe der Bühne. Dort sollten verschiedene Spiele gespielt werden. Einige Spiele waren für kleine Kinder, einige für die größeren und alle. Die Gewinner erhielten auch Preise. Es gab auch Musik und Tanz. Der Anker lud alle zum Kuchenschneiden ein. Die kleine Fee Rashmi schnitt den dekorierten Obstkuchen mit Kerzen. Mama, Papa und alle Gäste haben Blumen auf das Geburtstagskind geduscht. Die Kinder klatschten herzlich. Damit wurde die Kuchenschneidezeremonie erfolgreich abgeschlossen.

Anschließend wurden alle Gäste herzlich zum Abendessen eingeladen. Alle hatten eine tolle Zeit. Während sie die Jungen segneten, verabschiedeten sie sich von Shivaliks und Rashmis Mama und Papa. Die Eltern verabschieden sich auch von allen mit Respekt und geben ihnen die Gegengeschenke.

Schauen wir uns an, was im Raum passiert. Unsere lieben Puppen, Bhanu und Sara, konnten nicht an der Live-Geburtstagsfeier im Rasen teilnehmen. Sie genießen jedoch die Musik und Lieder von innen. Nun warten sie sehnsüchtig auf die Ankunft ihrer lieben Familienmitglieder, um sich ihnen wieder anzuschließen.

Und jetzt sind ihre Vorfreudemomente zu Ende.

Es ist neun Uhr nachts. Nach dem Abschied von den Gästen übernehmen Mama und Papa die Hausarbeit. Shivalik und Rashmi sitzen da und beobachten die Geschenke, die ihre Freunde mitgebracht haben.

Und Bhanu...? Was macht er? Es scheint, als würde er Sara gestikulieren, als würde er sie fragen, welches Geschenk sie von ihm möchte.

Die Sommerpause

Heute ist der fünfte Tag im Juni. Er wird als Weltumwelttag gefeiert. Der Morgen scheint so schön. Gestern war Rashmis Geburtstag. Alle Familienmitglieder waren müde und schliefen letzte Nacht lange. Shivalik schlief erst sehr spät. Bis zum Morgen wachte er auf. Er konnte wegen des Gefühls extremer Freude nicht einschlafen. Eine gute Sache an den kleinen Kindern ist, dass sie eine Begeisterung für das Leben haben. Sie sind glücklich, nur weil sie es sind. Sie brauchen keinen bestimmten Grund, um Glück zu finden. Glück ist ein integraler Bestandteil ihrer Natur und ihrer Persönlichkeit. Tatsächlich können wir, die sogenannten Erwachsenen, viel von ihnen lernen; wenn unser Ego nicht verletzt wird.

Dann kann die ganze Welt wie ein glücklicher Picknickplatz zum Leben werden.

Shivalik wachte um sechs Uhr morgens auf. Als Mama ihn sah, war sie ziemlich überrascht und begann zu fragen: „Tarun ! Bist du so früh aufgewacht? Was ist los?" Tarun ist der Spitzname von Shivalik.

"Mama! Du sagst immer, dass alle Kinder früh am Morgen aufwachen sollten ", sagte Shivalik unschuldig.

"Mama ! Ich werde heute Morgen mit meinen Freunden im nahe gelegenen Park spielen gehen." Sagte er eifrig und sah zu seiner Mutter.

"Sicher, mach weiter. Ich bin sehr glücklich. Wer sind deine Freunde? Sei vorsichtig und spiele gut. Ich komme auch in einer Stunde dorthin. Mein lieber Sohn «, sagte Mama und drückte ihre Liebe zu Shivalik aus.

Tarun schnappte sich seinen Cricketschläger und rannte nach draußen. Als er ging, informierte er, dass er mit Rahul geht. Sie hatten allen Bedingungen zugestimmt, die Mama für das Spielen im Freien festgelegt hatte. Nachdem Tarun gegangen war, beschäftigte sich Mama mit ihren Küchenarbeiten. Sie musste Dads Frühstück vorbereiten und sein Mittagessen für das Büro packen. In der Zwischenzeit duschte Papa im Badezimmer.

Und mal sehen, was Bhanu und Sara auf ihrer Puppenparty machen. Bhanu sitzt auf seinem Regal und springt vor Aufregung. Sein Herz wünscht sich, hinauszugehen und mit Shivalik im Park zu spielen. Sara sitzt mit geschlossenen Augen da. Sie schläft lieber einfach.

"Ich weiß nicht, warum diese Puppe so viel schläft? Ich wunschte, ich könnte sie fragen, ob sie keine Lust hat zu spielen ?" Bhanu warf Sara einmal einen Blick zu und wandte dann sein Gesicht ab. Er tauchte in seine Gedanken ein und begann sich vorzustellen, dass er keine Puppe ist, sondern ein kleiner Junge wie Shivalik und Sara ein kleines Mädchen. Beide sind auch in Shivaliks Kindergruppe im Park und spielen mit einem Ball. In Gedanken versunken, hatte er das Gefühl, dort angekommen zu sein und das Spiel zu genießen.

Wie schön ist doch die Welt der Phantasie! Darin scheint alles wahr zu sein, obwohl es keine Realität gibt. Für ein paar Momente erreicht ein Mensch diese Welt und erlebt die flüchtige Lebensfreude, die er vielleicht nie wirklich in der Realität lebt.

Nach einer Weile, als das Frühstück fertig war, frühstückte Papa, nahm seine Lunchbox und ging ins Büro. Das Büro von Shivaliks Vater ist etwa zehn Kilometer von zu Hause entfernt. Mama bereitete sich darauf vor, in den Park zu gehen. Sie rief liebevoll Rā shmizu, die sie liebevoll Dolly nannte, um sie aufzuwecken. Dolly wachte schnell auf, als sie hörte, dass sie in den Park gehen würden. Mama schloss das Haus ab und ließ Bhanu und Sara in ihrer kleinen Welt zurück, auf dem Weg zum Park. Der Park war nur fünf Gehminuten von zu Hause entfernt. Als sie dort ankamen, sahen sie Kinder mit großer Begeisterung Cricket spielen. Dolly begann auf der Schaukel zu schwingen, da sie noch nicht groß genug war, um mit älteren Kindern zu spielen.

Bhanu war in seine eigene Welt vertieft. Er hatte die Außenwelt nicht in der Realität gesehen, aber er hatte sie gelegentlich im Fernsehen gesehen. Zufällig befand sich im Salon von Shivalik-Rashmis Haus auch ein Smart-TV. Wenn ein Familienmitglied dort saß, schaltete es gelegentlich den Fernseher ein. Bhānu fand es sehr angenehm, und er schaute oft mit Interesse fern. Dann wurde ihm nie langweilig. Manchmal sah er sich Cricket-Spiele an und manchmal hörte er Lieder. Bhanu genoss es sehr, wenn Kinder zu Liedern tanzten. Damals wollte er mit Sara tanzen. Manchmal hatte Bhanu Glück, als die anderen vergaßen, den Fernseher auszuschalten und in ein anderes Zimmer gingen. Dann schaute er wie ein König fern und erweiterte sein Wissen.

Wie auch immer, Bhanu und Sara haben ihr eigenes Schicksal. Aber es ist auch wahr, dass Puppen aktiv sein sollten, genau wie Menschen. Auch wenn nicht in diesem Leben, die Früchte der Handlungen werden früher oder später empfangen. In diesem Sinne sollte man weiter in die richtige Richtung arbeiten.

Computerkurse der Mutter

Es sind Sommerferien. Alle im Haus sind sehr glücklich. Die Kinder sind begeistert, und auch Mama ist sehr glücklich. Unsere Puppenparty auch. Jeden Morgen gehen Mama und die Kinder in den Park. Mama schiebt Rashmi sanft auf die Schaukel und Tarun spielt mit den Kindern. Mama macht auch einen kleinen Spaziergang im Park. Den ganzen Tag über gibt es Unterhaltung, darunter Indoor-Spiele wie Carrom, Ludo, Snakes 'n' Ladders, Schach und Computerspiele. Mama macht gesunde Snacks für die Kinder. Den ganzen Tag über sprechen Bhanu und Sara manchmal durch Gesten miteinander. Nicht nur das, Bhanu lernt neue Tricks von den Kindern und dem Spielzeugroboter. Manchmal holen die Kinder alle ihre Spielsachen aus dem Regal und spielen mit ihnen. Die ganze Atmosphäre ist voller Freude.

Auch Mama hat Lust, etwas Neues zu machen. Sie denkt, dass sie, nachdem sie den ganzen Tag Hausarbeiten erledigt hat, kreativ arbeiten kann, um ihre Kreativität am Leben zu erhalten. Sie hat dies in den letzten Tagen geplant und manchmal über das eine oder andere nachgedacht. Schließlich kommt sie zu einer Entscheidung. Sie hat beschlossen, mit dem Online-Unterricht zu beginnen. Seit dem Ausbruch einiger ansteckender Krankheiten ist der Trend zum Schulbesuch und zum persönlichen Offline-Unterricht deutlich zurückgegangen. Das Erziehungsbedürfnis ist jedoch zu keinem Zeitpunkt zu leugnen. Daher haben die meisten Kinder begonnen, Interesse am Online-Lernen zu zeigen. Dadurch sorgen sich nicht nur die Eltern um die Sicherheit ihrer Kinder, sondern auch die Lehrer (Tutoren). Mama kennt sich gut mit Computern aus. Sie hat es ziemlich viel studiert.

Nun, was macht Mama? Sie suchte auf Google nach vielen Nachhilfeseiten und studierte sie. Es gibt einige Websites, die sowohl Schüler als auch Lehrer unterstützen. Mama registrierte sich als Lehrerin unter dem Namen Prabha Gupta auf einer solchen Website. Sie legte ihren Zeitplan fest und entschied, wann und in welchen Klassen sie Computerkenntnisse unterrichten würde. Dazu arrangierte sie alle notwendigen Dinge wie ihren Tischstuhl, Laptop, WLAN usw. Sie startete ihr neues Projekt in diese Richtung.

Dies hat ein sehr gutes Lernumfeld zu Hause geschaffen. Wenn Mama unterrichtet, machen die Kinder auch ihre Hausaufgaben in der Schule.

Themen, die schwierig sind und nicht ohne die Hilfe von jemandem studiert werden können, lesen sie mit ihrer Mutter. Sie erledigen selbstständig einfache und interessante Aufgaben wie Lesen, Zeichnen und Rechnen. Shivalik hat gelegentlich Probleme, aber er ist einfallsreich. Er sucht bei Google nach Lösungen für seine Probleme. Nicht nur das, er hilft auch seiner Schwester Rashmi ein wenig. Obwohl Rashmi erst vier Jahre alt ist, schaut sie sich manchmal gerne Bücher an und schreibt sogar ein paar Buchstaben des Alphabets. Mit bunten Bleistiften zeichnet sie auch ein paar Linien. Und wenn sie mal nicht in Stimmung ist, lässt sie alles stehen und liegen. Sobald Mamas Computerkurs vorbei ist, tanzen die Kinder viel und fühlen sich glücklich.

Und der süße Teddybär Bhanu dachte immer: "Ich wünschte, dieser kleine Roboter würde mein Freund. Lass es mich versuchen. Dann lerne ich auch ein paar coole neue Mathe-Tricks. Dann wird mir nie langweilig. Schau, diese Kinder haben so viel Spaß beim Lösen mathematischer Probleme."

Und Sara...? "Ich weiß es nicht. Was ist Bhanus Absicht? Ich glaube, er will ein Junge werden statt ein Teddybär." Das dachte sich Sara Puppe.

Shivalik als Zauberer

In der Sommerhitze, unter dem azurblauen Himmel,

Wenn vor uns ein Getränkeshop liegt.

Eis, Cola und kalter Kaffee sind so göttlich.

Aber entschuldige einen Husten vor der Erkältung, sei nett.

Inmitten so spaßiger Sommerferien vergingen die Tage nacheinander, wie ein Zug, der Fahrt aufgenommen hatte. So wie man den Überblick verliert, wenn der Schnellzug am Bahnhof ankommt und im Handumdrehen abfährt, ist es schwierig zu bestimmen, wo die Feiertage verschwinden. Der Monat Juni neigt sich dem Ende zu, und die Schulen für Kinder werden im Juli wiedereröffnet. Mom erkannte, dass noch viele Vorbereitungen zu treffen sind. Die Pandemie ist beendet, so dass es möglich ist, dass Schulen in der ersten Juliwoche nicht mehr geöffnet sind. Lassen Sie die Schulen jederzeit öffnen, aber es müssen Vorbereitungen für die Kinder und Eltern getroffen werden. Alle Aufgaben - Uniformen, Hausaufgaben, Projekte und wer weiß was noch?

"Oh, was ist das? Ich habe es völlig vergessen. Es war, als ich mit Rahuls Mutter am Telefon sprach, es fiel mir auf." Mama saß und dachte am Nachmittag nach. In Shivaliks Schule gibt es jedes Jahr im August einen Kostümwettbewerb für die Kleinen anlässlich von Janmashtami.

„Ich hatte mich fest entschlossen, meine Kinder auf jeden Fall daran teilhaben zu lassen. Ob ich Rashmi nächstes Jahr teilnehmen lasse, aber es ist wichtig, Shivalik diesmal teilnehmen zu lassen. Denn im nächsten Jahr wird sich seine Altersgruppe ändern."

„Jedes Jahr sind alle Eltern herzlich zum Janmashtami-Fest in die Schule eingeladen. Wann immer Mama die Veranstaltung besuchte, faszinierten sie Kinder in verschiedenen Kostümen. Sie dachte auch daran, eine fabelhafte und völlig neue Idee mitzubringen, die noch nie jemandem in den Sinn gekommen war, und ihren Sohn Shivalik auf diese Rolle vorzubereiten."

"Nun, es gibt viele Ideen, aber die meisten wurden viele Male aufgeführt. Manche Kinder werden zu Zeitungen, andere zu Bäumen. Einige wirken wie Gemüse, wie Okra oder eine rote Tomate, während andere zu runden und prallen Auberginen werden. Einige Kinder werden sogar zu Göttern - einige Ganesha, einige Shiva oder sogar der kleine Krishna. Was kann das Kind tun? Mütter kommen auf diese Ideen. Aber eines ist sicher: Ein Gott zu werden, ist die größte Herausforderung. Ich bin einfach nur erstaunt, wenn ich zuschaue." Mama machte sich Sorgen, wenn sie darüber nachdachte. Dann dachte sie an Gott und ein paar Minuten später schlief sie ein. Nach einer Weile wachte sie auf, und bis dahin war es Abend. Es war Zeit für die Hausarbeit.

Wenn man so denkt, kommt die Nacht. Bhanu dachte, dass Mama etwas verärgert aussah. Ich weiß nicht warum. Er begann auch zu beten: „Oh Gott! Bitte lösen Sie ihr Problem."

Am nächsten Morgen, nachdem sie sich mit all den Aufgaben und dem Frühstück beschäftigt hatte, dachte Mama: "Lass uns ein gutes Buch zum Lesen finden." Ihre Schritte führten sie zum Bücherregal. Nach einer Weile fand sie die Lösung in ihren Händen. Ja, sie hatte im Regal ein Buch mit dem Titel "101 Zaubertricks" gefunden. "Und genau hier, dachte sie, warum tritt Shivalik nicht als Zauberer für den Kostümwettbewerb auf? Was für eine fantastische Idee, die ihrer Meinung nach völlig neu war. Als sie anfing, durch das Buch zu blättern, lag ihr ganzer Fokus darauf, einige einfache Zaubertricks zu finden, die die sechsjährige Shivalik lernen und erfolgreich auf der Bühne ausführen konnte.

Sie sagen, wo ein Wille ist, ist auch ein Weg. Wenn eine Person sich mit völliger Hingabe in eine bestimmte Richtung anstrengt, unterstützt sie sogar das Göttliche. Mama fand drei einfache Zaubertricks und lernte sie selbst gemäß den Anweisungen im Buch. Dann brachte sie dem kleinen Shivalik diese Tricks bei. Shivalik begann sich zu interessieren, und Mama war zuversichtlich, dass er diese Zaubertricks in wenigen Tagen auf der Bühne erfolgreich ausführen konnte. Dann bereiteten sie mit Hilfe von Rahuls Mutter auch ein schönes Kleid für den Zauberer vor. Der Hut, der Mantel, die Hose und die Schuhe des Zauberers - ein komplettes Charlie Chaplin-artiges Make-up. Der gesamte Plan war in ihrem Kopf fertig. Immer wenn Shivalik Zaubertricks praktizierte, nickten Bhanu und Sara zustimmend. Schließlich kam der Tag, an dem die Schule wiedereröffnet wurde. Eines Tages, als der Kostümwettbewerb organisiert wurde, nahm Shivalik teil. Er hatte fleißig geübt, und seine harte Arbeit zahlte sich aus. Als er seine Zaubertricks auf der Bühne präsentierte, war das Publikum in Ehrfurcht. Alle waren erstaunt, wie ein kleines Kind mit solcher Geschicklichkeit Zaubertricks vorführte. Donnernder Applaus aus dem Publikum steigerte die Begeisterung der Kinder.

Shivalik gewann den zweiten Preis im Wettbewerb. Als Shivalik nach Hause kam, legte er den Preis in sein Regal in der Nähe von Sara. Bhanu und Sara schauten liebevoll zuerst auf die Auszeichnung, dann auf Shivalik und schließlich auf einander und nickten zustimmend. Alle im Haus waren sehr glücklich.

Eine süße Note von Krishnas Flöte war in der Umgebung zu hören.

Über Den Autor

Geeta Rastogi „Geetanjali" wurde am 26. Juli 1968 in Indien geboren. Ihre Eltern, Herr Harichand Gupta und Frau Rammurti Devi, stammen aus dem Distrikt Ghaziabad (Indien). Neben ihrer Tätigkeit als Autorin ist sie auch Naturwissenschaftslehrerin mit Schwerpunkt Chemie. Das Buch „Bholu's Colourful Rainbow" wurde ursprünglich auf Hindi geschrieben und veröffentlicht und dann ins Englische, Italienische, Französische, Spanische, Thailändische, Deutsche und Philippinische übersetzt. Ein weiterer Roman auf Hindi wurde von ihr mit dem Titel „Kanak Kanak te sau guni" veröffentlicht. Sie schreibt auch gerne Gedichte, Geschichten und nützliche Artikel für Zeitschriften und Zeitungen.

www.ingramcontent.com/pod-product-compliance
Lightning Source LLC
LaVergne TN
LVHW041536070526
838199LV00046B/1696